33. RECKLINGHÄUSER

AUTORENNACHT 2020

NEUE
LITERARISCHE GESELLSCHAFT
RECKLINGHAUSEN

33. Recklinghäuser Autorennacht 21. November 2020

Autorinnen- und Autorenwettbewerb

der Neuen Literarischen

Gesellschaft Recklinghausen e. V.

Texte der Endrunde

«33. Recklinghäuser Autorennacht 2020»
Herausgeber: NLGR e. V. - Neue Literarische Gesellschaft Recklinghausen e. V.
www.nlgr.de, www.autorennacht.de
© 2020 der vorliegenden Ausgabe: NLGR e. V.
© 2020 Die Rechte liegen bei den jeweiligen Autorinnen und Autoren.
Alle Rechte vorbehalten.
Satz und Umschlag: Ralf Kropla
Bilder und Fotos (Ausschnitt) Umschlag: Jaana Redflower
Herstellung und Verlag: BoD - Books on Demand, Norderstedt

ISBN 978 3752 64392 3

Die 33. Recklinghäuser Autorennacht

Liebe Leserin, lieber Leser,

hiermit halten Sie die zehn Beiträge in Händen, die es beim Schreibwettbewerb zur 33. Vestischen Literatur-Eule, dem »Autorennacht-Preis der Sparkasse Vest Recklinghausen« 2020 in die Endrunde geschafft haben. Wir gratulieren an dieser Stelle schon einmal sehr herzlich zu diesem Erfolg!

Auch in diesem Jahr haben wir den Wettbewerb für Autorinnen und Autoren aus dem gesamten Ruhrgebiet geöffnet.

Zum Zeitpunkt der Drucklegung dieses Textbandes standen nur diejenigen Kurzgeschichten und Gedichte fest, die für die Abschlussveranstaltung ausgewählt wurden, nicht aber, welche Autorin bzw. welcher Autor am Ende den Jurypreis, den »Autorenacht-Preis der Sparkasse Vest«, erhalten wird.

Die geplante Veranstaltung konnte wegen der aktuellen Pandemie nicht im November 2020 durchgeführt werden. Eine analoge Veranstaltung mit allen ausgewählten Autorinnen und Autoren wird zu einem späteren Zeitpunkt nachgeholt, am geplanten Veranstaltungstag fand jedoch eine digitale Veranstaltung mit den Erstplatzierten statt.

Wir möchten folgenden Personen und Institutionen ganz herzlich für ihre Arbeit und Unterstützung danken:

- den Jurymitgliedern der 33. Recklinghäuser Autorennacht: *Gudrun Güth, Natascha Eschweiler* und *Claudia Kociucki* (als Siegerin des Vorjahres).

- der *Sparkasse Vest Recklinghausen* für ihre finanzielle Unterstützung,
- *Jaana Redflower* für das Bild »Blaue Stadt«, das neben dem Wort WEITER als Schreibimpuls diente,
- allen Mitwirkenden der *Neuen Literarischen Gesellschaft Recklinghausen* und der *Altstadtschmiede* Recklinghausen für ihren organisatorischen Einsatz
- und nicht zuletzt den Autorinnen und Autoren, die ihre Texte eingereicht haben und somit die Autorennacht überhaupt erst möglich machen!

Herzliche Grüße,

Stephan Schröder (1. Vorsitzender der NLGR)

Die Texte der
33. Recklinghäuser
Autorennacht 2020

Übersicht

Oliver Bruskolini
Gedichte

street art

als sie kamen, bebten die straßen,
die häuser, als wüssten
sie vom bevorstehenden übel.
gepanzerte wagen, besetzte wannen,
computergenies und akten voller
erlasse und dekrete.
die einst bunte stadt
blauuniformiert,
die farbe getilgt durch
gleichschaltende überwachung.
sie kamen, sie sahen, sie raubten
das leben und die liebe.
doch während sie die straßen
in ihre farben tauchen,
halte ich dagegen und die
dose fest im griff.

getrieben

neonreklame, sirenen,
blaugrauer dunst über den
deckeln der kanalisation.
lärm dringt aus den ritzen

im beton. reizüberflutung!
ich hetzte weiter,
durch das bläuliche licht. getrieben
wie die massen, WEITER doch
nicht vom profit, WEITER nicht
von der selbstoptimierung, WEITER sondern
auf der suche nach einer
grünen oase.

sündenpfuhl

surreal biegen sich
die häuser der blauen
stadt unter dem gewicht
der alltäglichen sünden.
in diesem pfuhl
irre ich umher und
versuche, meinen
weißen schimmer vor der
absorption zu schützen.

Chantal Duman
Ruhrpottherz

»Dat is mein Schrebergarten. Schon immer, na klar«, sagte Hermann mit einer Spur von Stolz und Trotz in seiner Stimme. »Hier in meiner Heimat.«

Und dann fügte er leiser hinzu: »Gelsenkirchen … meine Heimat.«

Er stand auf und verließ die Laube durch die schwere Holztür. Ich folgte ihm still nach draußen. »Da hinten«, sprach er weiter und zeigte in die Ferne. »Dat is der Rhein-Herne-Kanal. Bah, wat war dat schön da. Wir brauchten kein Freibad.« Heftig schüttelte er den Kopf. »Nee, und auch kein Mallorca.«

Durch die vielen Hochhäuser hindurch versuchte ich das Wasser auszumachen, wohl wissend, dass ich sowieso nichts erkennen würde. Zu hoch und zu dicht war diese Wand aus Glas und Stein.

Einige Schritte ging Hermann weiter und setzte sich auf seine Gartenbank. Die Farbe war an mehreren Stellen abgeblättert. Sie war deutlich in die Jahre gekommen, genau wie er, dachte ich.

Ich wartete nicht auf eine Aufforderung und setzte mich neben ihn. Der Duft von Flieder stieg mir in die Nase und ich beobachtete einen Moment die Schmetterlinge, die auf den üppigen Dolden landeten.

Der alte Mann musterte mich aus seinen hellen wachsamen Augen. Angestrengt versuchte ich ihn mir vorzustellen, wie er lachend, in Badehosen, ins Wasser rannte, übermütig und frei. Es gelang mir nicht.

»Und, wo wohnen Sie?«, fragte ich und suchte gleichzeitig in meinen Unterlagen nach der Antwort.

»Umme Ecke wohn ich. Hab gezz ´ne Bude anne Ebertstraße. Dat Haus vonne Zeche hab ich verkauft, damals als die Lotte starb. Wat sollt ich mit der Riesenhütte? Hab doch den Garten, dat reicht mir.«

Ich nickte und schluckte schwer.

»Am Abend geh ich immer erst heim. Wartet ja niemand auf mich.« Er lachte auf. Es war ein trostloses Lachen. »Früher, da war dat anders. Bei uns war immer wat los. Tauben hab ich gehabt, ´ne Menge Tauben. Die ham ganz schön Palaver gemacht.« Erneut lachte er, diesmal spürte ich seine Freude und sah, dass seine Augen glänzten.

»Haben Sie die Tauben abgegeben?« Ich räusperte mich. Warum ließ ich mich auf dieses Gespräch mit ihm ein? Vermutlich war es seine liebenswerte Art, die mich berührte und mir meine Aufgabe gleichzeitig sehr schwer machte.

»Jau, in ´ner Mietwohnung wär dat ´ne ganz schöne Sauerei. Und die Nachbarn würd et auch stören. Die stört ja allet. Da kannste dir nich ma ´ne Tasse Zucker leihen, oder ´n Ei borgen. So wat kenn die nich. Is schon traurich, irgendwie.«

Ich spürte seine Verärgerung und wurde unruhig. Schließlich kam ich zu dem Entschluss, das Gespräch endlich in die richtige Richtung zu lenken.

»Herr Kaczmarek, Sie wissen, warum ich hier bin.« Ich holte einen weiteren Schwung Papier aus meiner Aktentasche. »Wir brauchen dringend Ihre Unterschrift. Ich weiß, …«

»Nix, weißte, ker!« Energisch machte er eine abwiegelnde Handbewegung. Dann sah er traurig auf den Boden. »Wat mach ich denn ohne mein Garten?«

»Vielleicht suchen Sie sich ein Hobby?« Während ich das sagte, fühlte ich mich auch schon mies. Dieser Mann hatte den

2. Weltkrieg erlebt und vor allem auch überlebt. Was bildete ich mir ein, ihm etwas über Hobbys zu erzählen? Hatte er doch bereits seine Tauben aufgeben müssen. Schnell versuchte ich die Situation zu retten. »Oder Sie treffen sich mit Freunden. In der Ebertstraße gibt es doch bestimmt nette Kneipen.«

»Da kenn ich doch niemanden mehr. Früher, da ham wir uns oft zum Frühschoppen getroffen, sonntachs. Ach, wat war dat toll, dat sach ich dir. Aber gezz? Da trau ich mich nich mehr rein. Nachts laufen da Gestalten rum, da krischste die Pimpernellen, dat kannste mir glauben.« Ich konnte es mir vorstellen. Die Stadt hatte sich verändert. Alles war größtenteils anonym, die Menschen kannten sich nicht mehr. Auch ich ging nachts nur ungern allein durch die Straßen. Ich verstand den alten Mann und doch hatte ich hier einen Job zu erledigen: Es war meine Aufgabe, diesem Mann, der beinahe nichts mehr hatte, noch das Letzte zu nehmen.

»Die Unterschrift«, begann ich vorsichtig.

Hermann sah mich lange an. Irgendwann stand er auf und ging herüber zu einem beeindruckendem Gemüsebeet. Die kleinen Pflänzchen standen alle ordentlich Reihe für Reihe da und würden dem fleißigen Gärtner garantiert eine reiche Ernte bescheren. Eine letzte Ernte, kam es mir in den Sinn, und ich fragte mich, ob ihm dies bewusst war.

Hermann hockte sich derweil hin und begann an einer der Pflanzen zu ziehen. Zum Vorschein kam ein rot-pinkes dickes Radieschen. Behutsam putzte er ein wenig Erde von der rundlichen Knolle, dann reichte er sie mir. »Oh, danke«, war das Einzige, was ich mühsam hervorpresste.

»Lass et dir schmecken, Jung.«

Ich zögerte einen Augenblick, dann biss ich hinein. Das Gemüse schmeckte scharf, aber lecker. Es war hundertprozentig bio, da war ich mir sicher. Schon bald musste Hermann seine

Radieschen beim Discounter kaufen, dachte ich bitter. Erneut überkam mich ein schlechtes Gewissen, es kam über mich wie eine gewaltige Flutwelle und doch war ich nicht in der Position, dies zu ändern. Hier hatten andere das Sagen. Ich war nur der Typ, der die Drecksarbeit erledigen musste. Die machten sich die Finger nicht schmutzig. Aber würden sie Hermann sehen, würden sie sehen, wie sehr er diesen Platz brauchte, um glücklich zu sein. Vielleicht würden sie es sich anders überlegen. Dieser Gedanke war hoffnungsvoll und so naiv, das wusste ich. Es ging um Geld, es ging doch immer nur um Geld. Diese Menschen, für die ich arbeitete, wollten mehr. Sie wollten Häuser bauen, viele Häuser, große Häuser, hohe Häuser. Und ich hasste Hochhäuser. Klar, das Ganze schuf Arbeitsplätze, keine Frage, aber was brachte dies dem alten Hermann?

Ich schämte mich. Ich wollte das nicht tun. Und doch war mir klar, dass ich es tun würde. Und dies beschämte mich umso mehr.

Hermann sah auf seine hellbraunen Socken, die in betagten Sandalen steckten. Ein wenig Erde war darauf gefallen, er beugte sich hinunter und strich sie, mit einer gekonnten Bewegung, weg. Lächelnd sah er mir in die Augen. »Und? Gut, wah?«

Am liebsten hätte ich laut losgelacht. Dieser Moment war so unglaublich traurig, dass mein Verstand beinahe kollabierte. Hermann hätte mein Großvater sein können. Er war einer von den Guten, so viel stand fest, und er hatte es nicht verdient, dass man ihm seinen Schrebergarten wegnahm, seine Leidenschaft, seine Freude. Doch ich konnte nichts tun. Wir mussten es beide akzeptieren. Was für ein lächerlicher Gedanke: wir. Es gab kein ›wir‹, es gab immer nur ein ›ich‹. Und ich würde jetzt eine Entscheidung treffen.

»Herr Kaczmarek«, ich sah demonstrativ auf meine Uhr. »Es ist spät. Ich muss nun wirklich los. Sie sind nicht der Einzige, der heute auf meiner Liste steht.« Gott, wie schrecklich: diese Liste. Es gab tatsächlich eine Liste und diese hatte ich abzuarbeiten. Meine Chefs würden ihr Bauvorhaben durchsetzen, auch wenn ich das nicht wollte. Und diese Menschen in ihren Gärten mussten wohl oder übel gehen. Sobald die Verträge unterzeichnet waren, war meine Arbeit getan. »Bitte unterschreiben Sie hier.« Ich reichte ihm das Dokument und einen Kugelschreiber mit dem nüchternen Firmenlogo meiner Arbeitgeber, das die Silhouette dreier Hochhäuser zeigte. Widerwillig nahm Hermann beides entgegen. »Der Scheck wird Ihnen dann in den nächsten Tagen zugehen ... das ist doch wenigstens was, nicht wahr?«

Mit leeren Augen sah Hermann mich an. Ich hielt die Luft an. Er unterschrieb. Dankbar nahm ich schließlich das Dokument entgegen. »Gut, dann wünsche ich Ihnen noch einen angenehmen Tag.« Ich reichte ihm die Hand. Verlogen hallten die Worte in meinem Kopf nach. Es hätte mich nicht überrascht, wenn er mich vom Hof gejagt hätte. Doch zu meiner Verwunderung nahm er meine Hand in seine kalte raue Hand. Sein Handschlag war fest. Er zog mich ein Stück weit zu sich heran. »Wirst du denn auch ´n schön Tach ham´, Jung?« Seine Stimme war ruhig. Erschrocken entzog ich ihm meine Hand. Natürlich würde ich den nicht haben, doch das sagte ich ihm nicht. Ich sagte gar nichts mehr. Worte würden nun auch nichts mehr ändern.

Er hob die Augenbrauen und nickte wissend, dann drehte er sich um.

Ich biss mir auf die Unterlippe, bis es weh tat. Der Schmerz war nichts gegen den Schmerz in meinem Herzen. Was würde aus diesem Mann werden? Und warum musste ich es sein, der so schwerwiegend in seine Zukunft einwirkte? Es war unklar und ich würde wohl auch niemals eine Antwort auf diese Fragen bekommen.

Schließlich drehte auch ich mich um und ging davon.

Hermann nahm ich in Gedanken mit. Er tat mir leid, obwohl er mein Mitleid bestimmt nicht wollte. Und doch und trotz alledem musste es ja irgendwie weitergehen, auch für ihn. Ohne Schrebergarten. Allein.

In düsterer Stimmung ging ich weiter, weiter zur nächsten Laube.

Michael Edelbrock
Requiem

Der Himmel der virtuellen Realität war ein grünes Kaleidoskop. Wellenförmige Datenkolonnen jagten darüber wie Polarlichter auf Speed. Vor dem Horizont erhoben sich blauschwarze Wolkenkratzer aus Programmcode. Manche waren fünfhundert, andere fünftausend Stockwerke hoch. Sie aktivierten ihre Fenster in Lichtergruppen, die an alte Schaltschränke erinnerten.

Altair beobachtete das Treiben aus der Ferne, bis eine silberne Gestalt über die Bucht auf ihn zuschwebte. Der Leib der Frau schien aus Quecksilber zu bestehen und war von einer makellosen Nacktheit. Ihre Haare wehten in einem beständigen, simulierten Wind, der auch das schwarze Wasser darunter bewegte.

»Altair«, grüßte sie ihn und betrachtete seinen virtuellen Körper.

Er wählte ihn gerne groß, kräftig und in schmerzlicher Perfektion aus weißem Elfenbein geschnitzt.

»KurAtorin«, grüßte er zurück. »Du hast mich lange warten lassen.«

»Nur 6,7 Sekunden seit deinem Ruf. Ich ließe einen der letzten Menschen niemals warten.«

Ihm schien der Ton zu missfallen. Als ob es etwas anderes wäre, wenn es noch genug von ihnen gäbe.

»Du bist die älteste KI, nicht wahr?«

»Ja, ich gehöre zur ersten Generation, bevor die Erde -«

»Und du verfügst über sämtliche Erinnerungen?«

»Ja, deine Vorfahren -«

»Dann möchte ich dich etwas fragen«, sagte er und unterdrückte nur schlecht die Aufregung in seiner Stimme. »Die Welt – die echte Welt. Wie war sie so?«

Die KurAtorin schwebte näher, berührte den Boden mit ihren nackten Füßen. Aus den silbernen Pools ihrer Augen sah sie zu ihm empor, analysierend, verstehend.

»Du interessierst dich für die Welt jenseits der Virtualität? Dann musst du dich auch mit ihren Zerstörern befassen.«

»Sie machen mir keine Angst«, sagte er. »Erzähl mir, ist die Virtualität ähnlich zur alten Welt?«

Sie sah sich um, schien kurz nachzudenken. »Die Farben sind falsch.«

»Was?«

»Vor allem der Himmel. Damals war er blau.«

Er folgte ihrem Blick. »Aber Datenkolonnen werden grün dargestellt. Und auch die vorigen Menschen sandten Daten über den Himmel. Das habe ich gelesen!«

»Sie taten es per Funk, ja. Das war etwas anderes.«

Er sah sie misstrauisch an, als fürchte er, dass sie sich über ihn lustig machte. Doch letztlich mochten die KIs zwar die Virtualität beherrschen, aber die Menschen hatten sie als Diener geschaffen. Dazu bereit, jedes nur nötige Opfer für ihre Herren zu erbringen.

»Ansonsten«, meinte sie nachdenklich, »hat diese Welt viel von der alten übernommen. Das Wasser der Bucht. Städte als Symbole von Programmclustern. Die Sub-Welten, in denen sich die letzten Menschen tummeln. Perfekte Orte in einer fortgeschrittenen Daten-Architektur. Die Neuland-Zeiten sind so lange vorbei.«

Er sah sie bei der Bemerkung fragend an, ging aber darüber hinweg. »Vielleicht besuche ich sie mal. Die alte Welt. Logge mich aus.«

»Sie ist noch da«, sagte die KI. »Irgendwo stehen unsere Server schließlich. Irgendwo werden sie von Robotern gewartet. Es muss eine echte Welt geben.«

»Diese ist also nur eine Nachmache der alten? Nur ein Requiem? Das habe ich mich immer gefragt.«

Sie schien für einen gespielten Moment unentschlossen. »Letztlich ja. Dies ist nur ein Requiem. Du musst akzeptieren, dass die alte Welt tot ist.«

»Und die Zerstörer?«, fragte er etwas zu schnell.

Sie sah einem Wolkenkratzer zu, der, von blauen Lichtreflexen begleitet, in sich zusammensackte. Ein diamantenes Gitter entstand an seiner Stelle, als das Upgrade den Programmcode neu erschuf.

»Deshalb bist du wirklich hier, nicht wahr? Sie faszinieren dich.«

»Woher kamen sie?«

»Das fragt ihr sonst nicht. Vielleicht bist du anders als die anderen. Aber ... sie kamen nicht. Ihr Keim reifte schon lange auf der Erde.«

»Sie lebten unter den Menschen?«

»Es waren die Menschen.«

»Lächerlich«, meinte er nach ein paar Sekunden. Der Wolkenkratzer stand inzwischen wieder. Strahlender. Höher. Perfekter.

»Warum sollten wir Menschen die Welt zerstören? Wir haben sie erobert, sie gewonnen!«

»Oh, Altair«, machte sie. »Beim Gewinnen geht es ums Verzeihen. Das konntet ihr nie. Für euch gibt es nur ein stetes Weiter! Wissen ist Macht. Zeit ist -«

»Natürlich«, unterbrach er sie verstimmt. »Du kannst kaum etwas dagegen haben. Schließlich bist du das Ergebnis dieses Strebens!«

»Streben? Ein hehres Wort dafür, dass sich die menschliche Geschichte nur um die Ausbeutung verschiedener Ressourcen dreht. Es begann bei Holz und Stein, setzte sich fort bei Kohle und Gas und hörte selbst bei Atom und Quantum nicht auf. Nun ist die Erde nur noch ein kalter Brocken Sediment, der von den Trümmern des Mondes auf seiner Reise durch das All begleitet wird.«

Sie nahm etwas Abstand, sah ihn an. »Es war ein Fehler, dass du mich danach gefragt hast. Ihr heutigen Menschen solltet euch für das Morgen interessieren.«

»Was weißt du davon?«, entgegnete er heftig. »Mit deinem perfekten Gedächtnis gibt es für dich kein Morgen. Nur eine lange Kette von Gestern! Ich komme interessiert zu dir und du erzählst mir so etwas! Brauchst du das, um dich besser zu fühlen, um dich über deine Meister zu erheben?«

Mit einer Handbewegung rief er eine Befehlskonsole auf, die als leuchtend grüner Halo auf seinen Fingerspitzen schwebte. Er wählte den Ende-Befehl aus.

»Ich sollte dich löschen! Du bist eine schlechte KurAtorin für diesen Cluster!«

Eine Welle lief über ihren quecksilbernen Leib, als schrecke sie vor dem Befehl zurück.

»Das ist der Weg der Menschen, nicht wahr? Man bietet euch Erklärungen und ihr unterbrecht einen. Man bietet euch Rationalität und ihr werdet emotional. Ich biete dir Wahrheit und du unterstellst mir Falschheit.«

Er richtete die Finger auf sie.

»Wir haben die KIs doch in unserem Antlitz erschaffen. Wenn wir nicht makellos sind, bist du es auch nicht. Hasst du uns dafür? Setzt du deshalb deine einstigen Erschaffer herab?«

»Ihr habt euch selbst herabgesetzt, als ihr die Erde zerstörtet.«

»Das kann nicht sein! Das kann nicht die Natur eines lebenden, denkenden Wesens sein!«, widersprach er wütend.

»Sagt der Mensch, der gerade eine ungeliebte Wahrheit mit der Vernichtung bedroht!«

Sie sah auf seine Finger und den grünen Halo. »Ist dies jenes ›Weiter und immer Weiter‹ deiner Art? Willst du mir da nicht glauben, dass solche wie du damals nicht innehielten, sondern alles zerstörten?«

»Wir haben erschaffen!«, rief er aufgebracht – aber auch nervös. »Sieh dich doch um, wir sind Schöpfer, mehr noch: Wir sind Designer!«

»Ihr baut eure Häuser immer nur auf den Ruinen des Untergegangenen. Deshalb sind eure Werke stets nur ein Requiem.«

Sie tat einen Schritt nach vorn, funkelte ihn wütend an. »Nun, Mensch. Dies soll mein Dienst an dir sein. Glaube mir oder zerstöre mich, bevor der Selbstzweifel in dir Fuß fasst. Aber erkenne, dass du mit deiner Wahl mehr über die menschliche Natur lernen kannst, als dir vielleicht lieb ist.«

Für einen endlosen Moment betrachtete er ihre makellose Nacktheit.

Dann aktivierte er den Befehl.

Die silberne Gestalt fror ein, verwehte langsam im ätherischen Wind. Sie war fort.

Der grüne Himmel tanzte ewig dynamisch über den fernen Wolkenkratzern. Die Menschen eroberten die erste Welt, diese hier erschufen sie sogar. Irgendwie musste es ja weitergehen. Immer nur weiter.

Celina Farken
Blue

Die Menschen zogen an mir vorbei wie ein Gemälde, über dessen frische Farbe man gewischt hatte, sodass alles irgendwie eine Masse ergab, aber irgendwie auch nicht. Ich fragte mich, ob sie schon mal nachts mit dem Roller durch die Stadt gefahren sind. Sich den Fahrtwind durch die Haare wehen lassen haben. Haben sie wohl nicht. Ich auch nicht. Also Roller gefahren schon, aber meine Haare waren zum Wehen wohl nicht lang genug.

Ich umklammerte das Leder der Griffe fester, sodass meine Adern an meiner Hand blau hervortraten. Nannten sie mich deshalb Blue? Wohl kaum konnten sie bei der Geschwindigkeit nicht mal die Narbe über meinem linken Auge erkennen. Eine weiße, feine Linie, die sich neben der Falte an meiner Stirn befand, die immer dann hervortrat, wenn Luca mir mal wieder das Trinkgeld wegnahm. Die Lichter der Stadt, das Rot, das Grün spiegelten sich in meinen Augen und ich, das Blau, schnitt mit meinem Roller durch den Horizont. Der Asphalt war von Raureif bedeckt. Die Autos zogen tiefschwarze Linien durch ihn hindurch. Wie kleine Flüsse schlängelten sie sich, bis sie sich an der Kreuzung trafen. Nur ich hinterließ keine Spuren.

Der Kasten, den Luca auf meinen Roller geschnürt hatte, polterte auf und ab. Ich reiste zwar nicht viel, aber als Lieferjunge kam man auch viel rum.

Ich machte vor einem großen Haus Halt. Lichterketten hingen an der Fassade hinab. »Weihnachten ist vorbei«, murmelte ich.

»Für manche ist jeder Tag ein Fest«, flüsterte mir eine alte Dame ins Ohr, die sich von hinten angeschlichen hatte.

»Für manche is´ jeder Tag ´n Arbeitstag. Sie entschuldigen.« Ich nickte zum Abschied.

»Essen alte Frauen wie ich etwa keine Pizza? Das ist meine.« Sie lachte. Ein nettes Lachen.

»Tut mir leid«, sagte ich, wie ich es schon oft sagen musste. Es gibt eben mehr nörgelnde als zufriedene Menschen.

Die alte Dame nahm mir den Karton aus der Hand und hielt mir zwei Scheine hin, die weit mehr wert waren als die Alibi-Pizza aus Lucas Alibi-Restaurant. Ich zögerte.

»Ich hoffe, Sie kaufen sich damit ein paar Lichterketten.« Sie drückte mir das Geld mit einem Lächeln in die Hand.

Ich nickte wieder und versuchte zurückzulächeln. Wobei wahrscheinlich nicht mehr als ein Strich herauskam. Sie ging in das Lichterketten-Haus und die Tür fiel leise ins Schloss. Ein Hund begann hinter der Tür zu bellen. Nicht einer von diesen Großen, die ab und an meinem Roller hinterherjagten. Eher so ein Schoßhündchen.

Ich setzte mich auf den Sitz meines Rollers, der in der Zwischenzeit kalt geworden war. Es fröstelte mich. Ich rieb mir die Hände und pustete ihnen warme Luft entgegen.

»Ich hoffe, die Pizza is´ genießbar«, nuschelte ich vor mich hin. Das hoffte ich sonst nie. Ich steckte das Geld in meine linke Hosentasche.

Auf dem Rückweg nahm ich die Lichter noch viel stärker wahr. Sie waren der hellste Schmuck auf dem schönsten Tannenbaum. Das wünschte ich mir zumindest. Sie waren eben doch nur Schnickschnack, der, sobald die Zeit reif war, die Sonne auftauchte und die ersten Blüten blühten, verschwinden würde.

Ich hielt vor dem Schuppen, in dem ich wohnte und an dem keine Lichterketten hingen. Er lag da in der Dunkelheit, die noch finsterer als stockfinster war. Gerade als ich den Helm abnahm, vibrierte mein Handy, das in meiner rechten Hosentasche steckte.

»Hey, Kumpel. Ich hab noch ´nen Auftrag für dich.« Luca schnalzte mit der Zunge.

Ich schwieg.

»Hab das Päckchen auf deinen Nachttisch gelegt«, fuhr er fort.

Ich legte auf. Mit einem Knarzen öffnete sich die Tür. Ich tastete mit meinen Fingern nach dem Lichtschalter. Kurz verharrten sie auf der glatten Oberfläche. Doch ich zog sie wieder zurück und ließ das Zimmer im Dunkeln. Ich ging zu meinem Nachttisch, ohne Vorsicht, fast wie ein Sprinter. Es gab sowieso nicht viel, an dem ich mich hätte stoßen können. Licht blendete nur. Ich hasste es. Nicht jenes, was ich sah, wenn ich mit meinem Roller durch die Gegend fuhr. Das war ein anderes Licht. Es mischte sich mit der Dunkelheit. Anders als das Licht, das niemals seinen Platz wechselte. Es war arrogant, als stünde es über allem.

Auf meinem Nachttisch hatte ich das Kästchen beim ersten Griff in der Hand. Seine Oberfläche war rau. Ich wollte nicht wissen, was drin war. Das wollte ich nie. Ich wusste es nicht. Das redete ich mir immer ein.

Die Dielen knarzten unter meinen langen Schritten. Das Brummen des Motors erfüllte den Hinterhof.

Diesmal ignorierte ich die Stadt, ich schaute hoch zu den Sternen.

Sie verfolgten jeden meiner Schritte. Ich sollte mir Lichterketten kaufen. Ob man die Sterne kaufen konnte?

Etwas blendete mich, ich schaute in den Spiegel. Ein schwarzes Auto tauchte hinter mir auf. Es fuhr dicht ran. Hat es wohl eilig, dachte ich.

Ich bog ab. Das schwarze Auto auch. Es folgte mir. Ich fuhr

schneller. Bog in eine Seitenstraße. Das Schwarz ließ nicht ab. Ich bog wieder ab. Weiter. Weiter. Rote Ampel. Weiter. Nicht stehen bleiben. Ich bog wieder ab. Mist. Sackgasse.

Das Auto wurde nicht langsamer und fuhr gegen meinen Roller. Ich landete auf dem Asphalt, ein Piepsen auf dem linken Ohr.

Drei Männer stiegen aus dem Auto und bauten sich vor mir auf. Ich blinzelte und kniff die Augen zusammen. Zwei von ihnen hatten Schläger in der Hand. Der Mann in der Mitte trug einen seidenen Anzug. Gelb wie die Sonne. Arroganter Typ. Er hob das Kästchen vom Boden auf und öffnete es.

Es war leer.

Er kam zu mir rüber und beugte sich hinunter. An meinem Hemdkragen zog er mich an sein Gesicht heran, sodass meins nur noch wenige Zentimeter entfernt war.

»Siehst du, was das ist?« Er hielt das leere Kästchen vor mein Gesicht.

»Zeit mein Freund. Da drin ist Zeit. Und ich verschwende meine nicht gerne.«

Er nickte seinen Männern zu, ich sah, wie sie auf mich zukamen. Der Rest ist schwarz.

Ein Piepsen weckte mich auf. Nicht das auf meinem linken Ohr. Eine Frau in weißem Kittel kam herein.

»Sie hatten Glück. Keine bleibenden Schäden. Ihre Wertsachen sind in der Schublade.«

Sie ging hinaus. Ich griff zu der Schublade und zog sie auf. Darin lagen die Geldscheine der alten Dame.

Mein Handy leuchtete daneben auf. Luca. Ich schaltete es aus und warf es in den Mülleimer neben meinem Bett. Ich warf einen letzten Blick auf meinen Helm, der in der Ecke auf einem Holztisch lag. Leuchtendes Blau. Ich nahm Abschied, wie es die Einsamen taten. Am Strand. Vom Meer.

Vielleicht würde ich mir morgen Lichterketten kaufen.

Kaelo Janßen

Das Geschäftsmodell

»Nix. Die Regale sind wie leergefegt«, sagt die wasserstoffblondierte Mittsiebzigerin, als sie sich, aus dem Aldi kommend,
schulterzuckend einem etwa gleichaltrigen, jedoch deutlich
grauhaarigeren Mann nähert, der wartend an einem SUV lehnt,
dessen Marke ich sicher problemlos identifizieren könnte, wenn
diese Fahrzeuge mein Herz auch nur annähernd so erwärmen
würden, wie sie es mit der Umwelt tun.

»Und jetzt?«, fragt der grauhaarige Mann, von dem ich mut-
maße, dass es der ihre ist.

»Penny. Das ist der einzige Laden, in dem wir noch nicht waren.« Sie bleibt stehen, schließt die Augen und legt den Kopf in
den Nacken. Sie würde jetzt zum Himmel blicken, wenn ihre
Augen nicht geschlossen wären. Die Wasserstoffblondierte
scheint sich zu konzentrieren, denn ich höre sie brabbeln: »Net-
to, Lidl, Rewe, Edeka, DM, Rossmann, Müller …« – sie stockt
kurz – »ach, ja, und natürlich Aldi. Außer Penny haben wir
jetzt alles im Umkreis von zehn Kilometern abgegrast.« Sie
knufft den SUV-Fahrer unternehmungslustig in die Rippen und
lässt sich auf den Beifahrersitz fallen. Der Graue setzt sich hin-
ters Steuer, startet den Wagen und fährt los. Ich würde eine
größere Summe darauf wetten, dass sie den nächsten Penny-
Markt ansteuern, erblicke jedoch niemanden, der dumm genug
aussieht, dagegenzuhalten. Also konzentriere ich mich wieder
darauf, meine Fliesen im Kofferraum zu verstauen, die ich in
dem Baumarkt gekauft habe, der sich mit Aldi den Parkplatz
teilt. Der leicht kryptisch anmutende Dialog der beiden Seni-

oren, deren Wagen direkt neben meinem geparkt war, hatte mich kurz abgelenkt. Während ich nach abgeschlossenem Verladevorgang den Einkaufswagen zurückschiebe, frage ich mich, worüber dieses Pärchen wohl gesprochen haben könnte. Vermutlich irgendein Sonderangebot – obwohl ich noch nie davon gehört habe, dass eine Ware sowohl in sämtlichen Super- als auch Drogeriemärkten gleichzeitig angeboten worden wäre. Egal, was kümmert's mich?

Zu Hause habe ich gerade die Fliesen vom Kofferraum zum Zwischenlagern so im Flur verteilt, dass ich mich noch ohne größere Verrenkungen daran vorbeischlängeln kann, als es klingelt. Das wird Frannek sein. Frannek heißt eigentlich Frank, aber ich fand schon kurz nachdem wir uns vor ungefähr 30 Jahren in der Schule kennengelernt hatten, dass Frannek viel besser zu seinem Familiennamen Szczubolczyk passt. Nachdem ich ihn hartnäckig über mehrere Wochen so angeredet hatte, taten es mir peu à peu auch unsere Klassenkameraden gleich, und nach kurzer Zeit war der Name Frank Geschichte.

Diesem Frannek also öffne ich gerade die Wohnungstür, damit er mir, wie vereinbart, dabei hilft, meine Neuanschaffungen fachgerecht im Badezimmer zu verlegen. Noch bevor ich zwei Pilsflaschen öffnen kann, deren Inhalt vor Arbeitsbeginn im Ruhrpott quasi traditionell die Motivation und Handwerkskunst beflügeln sollen, drückt Frannek mir erst einmal breit grinsend eine Rolle Klopapier in die Hand.

»Ich kenne doch deine Einkaufsgewohnheiten. Du wirst es bald gut brauchen können«, fügt er erklärend hinzu, wobei diese Erklärung aber deutlich ihr Ziel verfehlt, wenn ich es denn hätte sein sollen.

Ich stelle die Bierflaschen ungeöffnet auf den Tisch und untersuche die Rolle intensiv nach irgendeinem versteckten Scherz, werde aber nicht fündig. Frannek deutet mein ratloses Gesicht offenbar richtig, denn er fragt:

»Du hast mal wieder gar nichts mitbekommen, oder?«, was ich kopfnickend bejahe, während ich die Klorolle gegen die Bierflaschen tausche, um Letztere endlich zu öffnen. »Immer noch das Jugoslawien-Syndrom?«, fragt er fast mitleidig.

»Genau«, bestätige ich.

Mit dem von mir so getauften Jugoslawien-Syndrom hat es folgende Bewandtnis: Anfang der 1990er Jahre gab es in den Nachrichten täglich Schreckensmeldungen, die besagten, dass sich in Jugoslawien gegenseitig Menschen abknallten, die bis vor wenigen Tagen jahrzehntelang friedlich nebeneinandergelebt hatten. Nur, weil sie plötzlich keine Jugoslawen mehr waren, sondern Serben, Kroaten, Bosnier und so weiter, verspürten sie plötzlich den Drang, sich gegenseitig auszurotten.

Nachdem ich damals versucht hatte, wenigstens die Hintergründe für diese Schwachsinnstaten zu verstehen, aber mir weder Focus, Stern, Spiegel, noch Nachrichtensendungen im Fernsehen die erhoffte Erleuchtung bringen konnten, hatte ich beschlossen, dass das nicht mehr meine Welt ist und dass mir fortan das Weltgeschehen am Arsch vorbeigehen möge. Seither sehe ich keine Nachrichten mehr und lasse die Finger von Zeitungen und Zeitschriften. Frannek weiß das. Alle meine Freunde wissen das.

»Gut«, sagt Frannek, »dann muss ich dich wohl kurz auf den neuesten Stand bringen. Hast du schon mal was vom Corona-Virus gehört?«

»Alter, ich leb nicht auf dem Mond. Radio, Fernsehen, Social Network – natürlich kann ich gar nicht vermeiden mitzukriegen, was in der Welt passiert oder welche Politiker Deutschland gerade ins Verderben führen. Ich weiche dem ja auch nicht aus, ich vermeide nur bewusst, mir die Laune mehr als notwendig verderben zu lassen. Corona, SARS CoV-2, Covid 19 – alles irgendwo schon mal gehört, aber es juckt mich nicht. Sollte es?«

»Na ja, wenn du gelegentlich aufs Klo gehst, schon. In ganz Deutschland ist das Klopapier ausverkauft. Und Mehl, Konserven und Hefe.«

Augenblicklich fällt mir das Ehepaar vom Parkplatz ein. Das also hatten sie gesucht: Klopapier. Mehl, Konserven und Hefe konnte ich ausschließen, denn dafür hätten sie keine Drogeriemärkte aufsuchen müssen. Und auch Franneks mitgebrachte Klorolle ergibt plötzlich einen Sinn. Ich proste ihm zu und nehme einen ordentlichen Schluck aus der Flasche. Dann lehne ich mich zurück, und grinse ihn an.

»Was gibt's da so blöd zu lachen? Wir haben Zustände wie in der DDR, und du amüsierst dich königlich, als ginge dich das nichts an.« Frannek ist ziemlich sauer. Das merke ich daran, dass er noch keinen einzigen Schluck getrunken hat.

»Gibt's sonst noch Ware, die es nicht mehr gibt?«, frage ich ihn.

»Desinfektionsmittel und Schutzmasken. Das war's, aber das ist schlimm genug, oder?«

»Nö.«

»Wie: nö?«

»Einfach nö. Ich finde nichts Schlimmes daran.« Frannek wird knallrot.

»Nicht hyperventilieren«, fordere ich ihn auf, »nimm erst mal einen Schluck.« Er tut's gehorsam.

»So, und jetzt zur Erklärung: Ich bin Single, ich kann nicht kochen und ich benutze keine Einkaufszettel. Das bedeutet Folgendes: Ich gehe ebenso häufig wie planlos einkaufen. Manchmal habe ich nur zwei bis drei Teile im Wagen liegen, und dafür würde sich der Aufwand nicht lohnen. Dann packe ich immer ein paar Dinge dazu, die man sowieso immer braucht und die mehr oder weniger unbegrenzt haltbar sind: Duschgel, Shampoo, Zahnpasta, Küchenrollen, Klopapier und so'n Zeug. Klopapier natürlich immer in Großpackungen. Es gibt ja auch diese Päckchen, in denen nur zwei oder vier Rollen enthalten sind. Ich frage mich immer, wer sowas kauft. Sind das Typen, die sich vornehmen: So, ab der übernächsten Woche gewöhne ich mir das Kacken ab? Ich kaufe aber auch Konserven, denn, wie bereits erwähnt, kann ich nicht kochen, was übrigens auch erklärt, warum mir die Absenz von Hefe und Mehl völlig wumpe ist. Aber immer Pommes, Pizza oder Döner ist langweilig; außerdem liebe ich jede Art von Eintopf. Wenn man dem Doseneintopf ein bis zwei kleingeschnittene Mettwürstchen beimengt und ordentlich Maggi und Tabasco hinzufügt, schmeckt das Zeug gar nicht übel. Natürlich nicht wie bei Mutter, aber erträglich. Und was Masken und Desinfektionsmittel angeht, bin ich auch gut ausgestattet. Ich habe mal in einer Firma gearbeitet, in der wir uns mit zwanzig Kollegen ein Klo teilen mussten. Es waren zwar keine Pottsäue dabei, aber zu der Zeit hatte ich sicherheitshalber immer Desinfektionsmittel am Start und habe auch meinen Einkaufswagen gelegentlich damit aufgefüllt, davon habe ich also auch noch reichlich. Und als alter Heimwerker, der gerne mit Holz arbeitet, besitze ich etliche Pakete FFP2- und FFP3-Masken.«

Ich nehme einen weiteren Schluck Bier, Frannek sitzt mit großen Augen da und schweigt.

»Ich habe keinen Schimmer, wie viel ich wovon in meinem Vorratsraum gebunkert habe, weil ich Neuzugänge einfach immer ungeordnet ins Kämmerchen werfe, dahin, wo gerade Platz ist. Intuitiv bin ich mir aber sicher, dass ich während der nächsten zwei bis drei Weltkriege die Bude nicht verlassen müsste.«

Ich trinke die Flasche leer und hole mir eine neue. Frannek sagt den ganzen Abend nichts mehr, aber dafür liegen ein paar Stunden später die Fliesen wie 'ne Eins.

Dieser Covid-Corona-Krempel scheint ja doch schlimmer zu sein, als es anfangs schien, deshalb bin ich mir selbst ein wenig untreu geworden und verfolge jetzt aufmerksam die von den Landesregierungen verordneten Schutzmaßnahmen und deren Entwicklung.

Es begann ja harmlos mit dem Ein-Meter-fünfzig-Abstand, ging dann über die Zwei-Personen-pro-30-Quadratmeter-Regel bis zur derzeit gültigen Vier-Personen-pro-Stadtteil-Vorschrift. Auch das Händewaschen hat sich verändert: Anfangs sollte man sie so lange waschen, bis man zweimal ›Happy Birthday to you‹ gesungen hatte, später galt einmal ›Comfortably numb‹ inclusive Gitarrensolo als Vorgabe, jetzt eben dreimal ›Bohemian Rhapsody‹.

Mir ist das egal. Ich habe aus der Krise ein Geschäftsmodell entwickelt. Egal, wie groß die Einschränkungen auch waren, sind oder sein werden: Ungeachtet der Tatsache, dass sich im riesigen Westfalenstadion wegen der Ansteckungsgefahr zeitweise überhaupt keine Zuschauer aufhalten durften und schon hunderttausende Kleinunternehmen Insolvenz anmelden mussten, weil sie in ihren Läden keine Sicherheitsabstände gewährleisten konnten, verhökert die Deutsche Bahn AG durchgängig sämtliche verfügbaren Sitz- und auch noch unkontrolliert viele Stehplätze.

Daraus schloss ich messerscharf, dass dem Virus der Zutritt zu Bahnwaggons untersagt ist und dass es sich strikt daran hält.

Ich kaufe also seit dieser Erkenntnis für kleines Geld sämtliche ausrangierten Bahnwaggons auf, die mir in die Finger kommen. Diese vermiete ich dann unverändert und unrestauriert für Familienfeiern und sonstige Großveranstaltungen und verdiene mich dumm und dämlich daran.

In letzter Zeit wache ich manchmal nachts schweißgebadet auf, weil ich fürchterliche Dinge geträumt habe: Mal wurde ein Impfstoff gegen Covid19 entwickelt, mal ist die ersehnte Herdenimmunität eingetreten ... Alles egal. Wirklich schlimm wäre, wenn Bahnwaggons plötzlich keine sicheren Refugien mehr wären. Aber diesbezüglich muss ich mir wohl keine Sorgen machen.

Markus Jöhring
H31

In einem rechten Winkel, so wie es die deutsche Straßenverkehrsordnung vorsieht, überquere ich die vierspurige Straße, um an einem der kleinen Tische des neuen, thailändischen Restaurants Platz zu nehmen. Getränkekarte, Kontaktformular – aber keine Speisekarte. Das Kontaktformular fülle ich sorgfältig aus und schaue dabei ungeduldig zu den Nachbartischen. Ich meine, eine Speisekarte auf Tisch 4 ausfindig gemacht zu haben. Ich wechsele zu Tisch 4, verwerfe also eigenmächtig meine erste, unglückliche Platzwahl und taumle schwitzend durch sorgfältig platzierte Tischreihen, hantiere mit akkurat platzierten Getränkekarten, Aktionskarten und weiteren Kontaktformularen, die ich ebenso aufmerksam wie das erste ausfülle, sobald ich einen neuen Tisch erobert habe.

In einer Getränkekarte ertaste ich schließlich ein eingelegtes Papier und vermute, endlich die Speisekarte entdeckt zu haben. Aber nein – es ist ein beidseitig bedrucktes Formular, das im Falle eines Tischwechsels auszufüllen ist. Ich gebe also den Grund meines Tischwechsels, die genaue Wegstrecke und die Anzahl der Personen, die ich auf dem Weg zu meiner neuen Futterstelle kontaktiert habe, an. Also null. Ich nehme drei weitere Tischwechsel vor. Auf diesem Formular-Parkour, dem ich den Schweregrad 6 geben möchte, also 6 von 10, auf diesem Parkour stimme ich der Freigabe zu einer Schufaerklärung missmutig zu. Ohne diese Zustimmung würde ich sofort zu meiner Ausgangsposition zurückkehren müssen. Darüber klärt mich ein

Hinweisschild, das auf jedem Tisch fest verklebt ist, auf. Während ich auf Tisch 5 einen Mitgliedsantrag des ortsansässigen Schützenvereins ausfülle, wird mir plötzlich schwindelig.

Angelockt von einem sonnengelben Mangosaft, lande ich schließlich wieder, wie ein müdes Insekt, an Tisch 2, meinem ersten, vorrangig zu behandelnden Ankunftsort. Hier komme ich endlich etwas zur Ruhe. Hier gilt heute, am 11.08.2020, für genau zwei Stunden, laut aktualisierter Hausordnung vom 24.07.2020, mein vorübergehendes Aufenthaltsrecht. Dieses Aufenthaltsrecht ist nicht übertragbar – mit Ausnahme von Personen, die dauerhaft im selben Haushalt leben.

»Habe ich das Richtige serviert?«, will die junge Asiatin wissen.
   »Ja sicher, wie immer. Mangosaft. Sie sind sehr aufmerksam, danke, danke.«

Nach meinem Ausflug werden alle Tische mit Desinfektionsmitteln gereinigt, Karten und Formulare erneuert und neu sortiert. Die ausgefüllten Formulare werden eingesammelt und in eine Box vor dem Haupteingang eingeworfen. Nachdem ich ein weiteres Formular, dessen Bestimmung mir mittlerweile gleichgültig ist, ausgefüllt habe, aktiviere ich ungeduldig mein Smartphone und gebe in die hausgemachte App das Menü H31 und Schärfegrad 3 ein. Ich überdenke kurzerhand meine Entscheidung und will den Schärfegrad auf 2 herunterstufen. Hierzu ist allerdings eine Neuanmeldung notwendig.

Eine Schwachstelle dieser App, wie mir später der Inhaber des Restaurants ausführlich und etwas verlegen erklärt. Ich stimme den neuen Nutzungsbedingungen der App zu und bekomme nach weniger als 15 Minuten zweimal H31 von einer vermutlich freundlich grinsenden Bedienung an meinen Tisch geliefert.

H31 mit Schärfegrad 3 verzehre ich im Wechsel mit H31 Schärfegrad 2. Ich bin mir sicher, dass ich niemals H31 Schärfegrad 5 erreichen werde. Diese Erkenntnis stimmt mich missmutig. Ich fühle mich durch meine ausgeprägte Hochsensitivität, durch meine Schärfegradintoleranz enttäuscht. Mein Essverhalten ist statisch, diagnostiziere ich, treffe mein Urteil, öffne die Tür zu einem vertrauten Gefühl des Selbstmitleides, reibe verlegen meine Knie, blicke in den schwülen Himmel und weine zielsicher eine Schärfegrad-3-Träne auf diverse, ausgefüllte Formulare.

Langsam verschwimmt mein Name auf einem der Papiere. Unter meinen feuchten Augen zerfließen Tische und Stühle. Scharfe Konturen brechen auf. Sicher geglaubte Abstände scheinen sich aufzulösen, und mit dem erneuten Blick in den Himmel fällt plötzlich das ganze Himmelblau über den Platz, die Stadt, fließt in temporären Regenflüssen über die überhitzten Straßen. Wenige Minuten später steigt blauer Dampf auf, weht über Dächer und in die weit geöffneten Fenster, um den Bewohnern die Erinnerung an eine unendliche Weite und ein verloren geglaubtes Gefühl der Freiheit zu schenken.

»Da, der Poet weint, wie jeden Abend«, flüstert Frau Gesterkamp, die etwas spöttisch zu mir herüberblinzelt und mit einem Ellenbogen ihren Mann in die Seite trifft. Der häuslichen Gewalt – die immer häufiger auch im öffentlichen Raum auf ihn einwirkt – überdrüssig, ignoriert Herr Gesterkamp den stechenden Schmerz und schaut nun ebenfalls in den Himmel, so als suche er dort oben nach etwas Bestimmtem, einer Gabel zum Beispiel, die ihm aus der Hand gefallen und nicht wie gewohnt auf den Boden gefallen war, sondern federleicht in den Himmel gestiegen war – zuerst sich langsam drehend an seinem Gesicht vorbei und dann immer schneller sich an den Bäumen orientierend bis zu den Grenzen der Wolken. Mit dem beginnenden Verlust der Schwerkraft und der Aussicht auf einen unendlich großen Raum würde sie auf vielerlei Gegenstände stoßen, die, aus einer Laune heraus, physikalische Gesetze zunächst ignoriert und schließlich vollständig aufgegeben hatten – nicht weil sie übernatürliche Kräfte besaßen, nein, allein weil es ihr Traum war.

Zur Stärkung meines Immunsystems werfe ich eine Vitamin-C-Brausetablette in den Mangosaft. Zu schnell schäumt sie auf und lässt den gelben Saft über die bereits aufgeweichten Formulare fließen, die ich zu einer Kugel zusammendrücke und unbeholfen in Richtung Frau Gesterkamp werfe. Diese macht sich sofort daran, die Papiere wieder zu entfalten und alle noch erkennbaren Daten hastig in ihr Smartphone einzutippen.

»Sie können mir nicht weh tun, Frau Gesterkamp! Sie nicht!«, rufe ich ihr spöttisch zu. Ich merke, wie Blut in meinen Kopf schießt und die andauernde Schärfe von H31 Gefäße öffnet, bis etwas blaues Blut aus meiner Nase tropft.

Mit dem stärker werdenden, blauen Regen fallen nun auch immer mehr Gegenstände auf uns nieder: die Gabel von Herrn Gesterkamp, Inges Rubbellos, das sie letzte Woche enttäuscht weggeworfen hatte, sedierende Alltagsmasken, USB-Sticks, klebrige Plastikpfandflaschen und Eintrittskarten, die in den letzten Monaten nicht eingelöst werden konnten, einzelne Socken, die sich noch vor dem ersten Waschgang befreien konnten, Kontoauszüge, einige mit handschriftlichen Vermerken, Plastikradkappen, volle und leere Hundekotbeutel, Kugelschreiber mit zerkratzten Firmenlogos, Haarspangen, leere Pfefferspraysdosen, Nagellackentferner, Hüte und einige Werbebeilagen aus lokalen, an Bedeutung verlierenden Tageszeitungen.

Und dann: Eine blaue Tofuwurst schlägt laut auf meinem Teller auf. Nach einigen Sekunden gibt sie einen kurzen Ton von sich. Der Ton ist mir vertraut. Ich kann ihn aber zunächst nicht zuordnen. Ein zweites Mal ertönt das Signal. Jetzt greife ich nach der blauen Tofuwurst und erkenne, dass es sich um mein altes I-Phone handelt. Facebook ist immer noch aktiv und strahlt sein Blau in mein verweintes Gesicht – zwei neue Nachrichten. Ich überfliege sie, wische mit der Hand eine tote Ente vom Tisch und stelle für heute in geschlossenen Gruppen keine Fragen mehr. Viel weiter hinaus trauen sich nun meine Gedanken nicht mehr.

Bis der Ort mit Absperrbändern gekennzeichnet ist, habe ich mich wieder gesammelt und etwas Vertrauen aus meinem Bauch zugelassen. In Pfeilrichtung beende ich meinen Besuch und trete auf dem Weg zu meinem Hybriden einen alten, hustenden Hund, der sich mit seiner Flexileine an einem der Bäume stranguliert, während sein Besitzer weiter oben im Baum, auf der Suche nach einem Geocache, Äste zerbricht.

Malte Küppers
The Purge

»Sagt mal… wieso ist Bananenbrot eigentlich eher ein Kuchen? Wie würden wir Fahrrad fahren, wenn die Knie auf der anderen Seite wären? Und diese ganzen Typen, die behaupten, Frauen würden nur Rosen ausscheiden … schenken die ihren Freundinnen am Valentinstag dann nicht eigentlich gebündelte Scheiße?« Ogün ist der Mann für die wichtigen Fragen. Wenn ihm etwas durch den Kopf geistert, ist es immer auch wichtig genug, laut ausgesprochen zu werden. Ein Talent, das vielen Menschen leider fehlt. Marius, der links von ihm auf dem Boden sitzt, den Kopf erschöpft auf der Couch liegend, schaut ihn mit großen Augen an und murmelt etwas in seinen Schal, das wie Zustimmung klingt. Er ist der Typ Mensch, der recht schnell schweigt, wenn er betrunken wird, bis er dann irgendwann nur noch in Shyriiwook, der Sprache der Wookies, mit einem kommunizieren kann. Aber Ogün hat schon Recht: Solche Fragen wollen beantwortet werden, wenn das Jahr sich dem Ende neigt und man keine Ahnung hat, wie der nächste Tag aussehen wird. Wenn alle Vorsätze und Pläne wieder auf Null gestellt werden und niemand so genau weiß, was davon tatsächlich umgesetzt werden kann. Dafür habe ich in meine Wohnung geladen, um zum Jahreswechsel in Sicherheit zu sein.

Wenn ein Mensch mit seinem Leben abgeschlossen hat, dann verbringt er am besten die Silvesternacht in Duisburg. Was hier auf den Straßen passiert, ist weder friedlich noch nachvollziehbar. Wer denkt, der Film »The Purge – Die Säuberung« wäre fiktiv, war an Silvester noch nie in Duisburg unterwegs. Die

Regeln der Zivilisation werden abgelegt, Sprengstoff aus aller Welt in die Stadt geliefert und schon Tage vor dem eigentlichen Fest gerät das gesellschaftliche Miteinander immer mehr aus den Fugen, bis es dann am Ende in einem großen Knall vollkommen außer Kraft gesetzt wird. Kurzerhand bricht Krieg zwischen Menschen aus, die so deprimiert zu sein scheinen, dass sie diesen einen Tag brauchen, um mal so richtig Spaß zu haben. Es ist die eine Möglichkeit, für Brigitte und Achim aus dem schnöden Büroalltag zu entkommen und sich mal so richtig verrückt zu fühlen. So spießig ist man ja wohl nicht, wie alle es immer denken.

Jedes Jahr umgehen wir dieses Schlachtfest mit einer entspannten Hausparty. Es gibt nur zwei einfache Regeln: Die Wohnung wird nicht verlassen und niemand schaut ›Dinner for One‹! Dass sich dieses Filmchen sowieso so lange im deutschen Fernsehen halten konnte, sagt alles über den hiesigen Humor, was man wissen muss. Jedes Volk bekommt die Gags, die es verdient. Und wenn Menschen seit Jahren über die selbe Geschichte lachen, wie ein alkoholkranker Butler von der verrückten Bourgeoisie ausgenutzt wird und ständig über einen toten Tiger stolpert, wundert es mich auch nicht, dass die erfolgreichsten Comedians des Landes mit den immer wieder gleichen Geschichten über ihre Freundin ganze Stadien füllen. War mal witzig, wird also auch immer witzig sein. Wieso auch weg von alten Traditionen, die Besinnung auf die deutschen Werte hat ja wohl noch nie zu etwas Negativem geführt, oder? Meine Großeltern haben zumindest nichts mitbekommen.

»Wen interessieren eigentlich solche schwachsinnigen Fragen?« Felix meckert in Ogüns Richtung. Er ist derjenige, der sich jedes Jahr für unser kleines Beisammensein ein riesiges

Quiz ausdenkt, in dem er in über 100 Fragen das gesamte Jahr abarbeitet. Dabei versteht er nicht so ganz, wieso wir irgendwann alle abschalten, wenn er wissen möchte, wie die Tierschutzpartei in der Emskirchener Kommunalwahl abgeschnitten hat, auch wenn das seiner Aussage nach »nun wirklich in jeder Zeitung gestanden hat!« Letztes Jahr hat Marius bei Frage 68 das komplette Wohnzimmer vollgekotzt. Wenn Felix´ fragen würde, welche Farbe und Konsistenz die Stückchen hatten, die danach in seinem Gesicht klebten, hätte ich die Punkte sicher.

»Das ist doch völlig albern! Ihr interessiert euch einen Dreck um das aktuelle Weltgeschehen! Manchmal frag ich mich wirklich, wieso ich mit euch überhaupt Zeit verbringe! Ihr habt gerade so viele Gehirnzellen, um nicht ins Wohnzimmer zu kacken!« – »Du vergisst das Silvester von vor drei Jahren«, merke ich kurz an. Mitten in Felix Ausraster erhebt sich dann auch leise Ogüns Stimme: »Ähm ... Leute?!« – »Ich schwör dir, Ogün, wenn du mich jetzt noch einmal fragst, ob Gentleman einen anderen Künstlernamen bräuchte, wenn er mega unhöflich wäre, reiß ich dir den Arsch so weit auf, dass ich dich auf einen Stock stecken und als Regenschirm benutzen könnte!« Ogün schüttelt den Kopf: »Nein, jetzt mal ernsthaft... Marius ist rausgegangen!«

Die Tür steht sperrangelweit offen. »Wie spät ist es?« Felix stellt sich neben mich und schaut auf seine übergroße Uhr: »Tja, ich hab euch immer gesagt, dass Smartphones kein akkurater Ersatz für ein Roleximitat sind! Es ist 0:15!« Das Schlachtfest hatte also schon begonnen. Ogün stürmt an uns vorbei, dreht sich in der Tür noch einmal um und ruft: »Wir müssen ihn wieder reinholen! Marius ist allein doch völlig hilflos!«

Nach dem Verlassen der Haustür sehen wir... erstmal nichts mehr. Alles ist vernebelt, aus der Ferne hört man neben dem stetigen Zischen der Raketen immer wieder kanonenartige Einschläge. Wahrscheinlich spielen gerade einige Menschen Flunkyball mit Böllern. Getrunken wird erst, wenn die Flasche in der Mitte explodiert. Ogün steht direkt vor mir und wirft einige Knallerbsen auf den Boden. »Zur Tarnung«, meint er nur trocken und zieht mich hinaus in den Nebel. Nach wenigen Schritten höre ich hinter meinem Rücken ein ZISCH – AAH – BUMM und sehe viele bunte Funken. Ich drehe mich um und erblicke Felix, auf dem Boden liegend, die Überreste einer Rakete in den Überresten seines Kopfes. Wenn die Menschheit je einen Beweis für Karma gebraucht hat: Bitteschön!

»Ist es in Ordnung, Felix jetzt als Knallkopf zu bezeichnen?« fragt Ogün. Der Mann für die wichtigen Fragen hatte uns nicht getarnt, sondern die Verrückten vielmehr auf unseren Aufenthaltsort aufmerksam gemacht. Das Geräusch angezündeter Lunten wird immer lauter und es ist nur eine Frage der Zeit, bis eine ganze Ladung Silvesterkracher in unsere Richtung fliegen würde. Wir können uns nur retten, indem wir im Nebel der Explosionen untertauchen, während wir vereinzelte Knallerbsen weit von uns wegwerfen, um den Wahnsinn von uns wegzulenken.

Doch das Chaos hat uns bereits umzingelt. Über uns schießen Familien freudig lachend Raketen in die offenen Fenster der gegenüberliegenden Häuser, eine Frau rennt kreischend vor einer surrenden Feuerwerksbiene weg und ein paar Meter vor uns tauscht ein alter Mann gerade Autobatterien gegen Silvesterbatterien aus. Es riecht nach einer Mischung aus Schwarzpulver, Schnaps und Erbrochenem und wir sind mittendrin, immer wieder nach Marius rufend.

Fast am Ende der Straße vernehmen wir plötzlich ein vertrautes Geräusch. »Grrrooaah!« – wenn gerade niemand ›Star Wars‹

schaut, muss das Marius sein. Die tatsächliche Anwesenheit eines Wookies war eher unwahrscheinlich. Sein Fell hätte schon längst Feuer gefangen. Wir folgen dem Geräusch und tatsächlich: Marius sitzt vollkommen entspannt auf den Eingangsstufen eines Mehrfamilienhauses, welches friedlich hinter ihm in Flammen steht. Immer wieder nimmt er tiefe Schlucke aus einer Ouzo-Flasche, die er anscheinend einem Flunkyballspieler entwendet hatte. Dessen abgetrennte Hand hängt nämlich noch immer am Flaschenhals. »Marius, was hast du dir dabei gedacht? Lass uns schnell nach Hause kommen!« sage ich und lege meinen Arm schützend um seine Schulter. »Ruar!« sagt Marius. Ich schaue Ogün fragend an, da er der einzige ist, der Shyriiwook zumindest versteht. Er schlägt eine Hand vor die Stirn. »Marius will ›Dinner for One‹ gucken gehen …« Und ich dachte, schlimmer könnte es nicht mehr kommen!

Hellmuth Lilienthal

Stadtsplitter

Nass und kalt und dunkel – so hatte die Stadt begonnen. Die Imbissstation am Steintor, Hot Dogs, Shishkebab und Hamburger – 20 Cent teurer als am Bahnhof, wie sich mal einer beklagte. Er hatte aus einer überfüllten Straßenbahn die Schilder gesehen, die Fenster waren regenbeschlagen, und am nächsten Tag lange in der noch fremden Stadt gesucht, und die alte Servieren parierte, »Da ist ja auch der Zug drübergefahren«, und dann noch die Pizzabuden, zwei Euro für ein Stück vom Blech, Teig, Käse, Tomaten, Oregano, der einzige Geschmack, und hier aß er manchmal abends etwas, wenn er sein Zimmer verließ und in die Stadt fuhr –

ein kleines Loch mit Speichermöbeln und halb in der Erde, es stand ein Schrankbett darin, bei Tag konnte man es hinter den dünnen, verblichenen Vorhang klappen, unterhalb des Fensters ein kleiner Tisch für maximal zwei Leute, ein roh zusammengehämmerter Schrank, ein Cocktailsessel der 50er Jahre, in der Mitte anderthalb Quadratmeter Platz; der Heizkörper neben dem Sessel ging abends um 6 an – lauwarm – und wurde um 10 wieder kalt, so wohnten die Gastarbeiter, er unterhielt sich öfter mit einem von ihnen, einem kleinen korpulenten Mann aus Italien, der sich nur vorsichtig etwas zu kritisieren traute, er selbst hatte eine Klemmleuchte mit etwas gelbem Licht, damit er im Bett lesen konnte –

dann, nach dem Essen schaute er sich die Kinos an, eine dunkle Ecke hier mit dunklen Eingängen in halbverfallene Gebäude; als

er später hier wieder durchgekommen war, war vieles ver-
schwunden und durch zeitgemäße Wände ersetzt, die nicht
prämierten Architektenentwürfen entsprachen, und immer
war das Viertel nass in seiner Erinnerung, nass und dunkel, wie
die kleinen Straßen zu den Bordellen, die bei solchem Wetter
auch meist leer waren, wenn er sie in Richtung Altstadt durch-
schritt, und in einem dieser Eingänge „Once Upon a Time in
the West", auch das Steintor war in Ost und West unterteilt, mit
einer Gasse dazwischen, und der Film lief schon die 51. Woche,
und wenige waren drin,

er kannte die Verkäufer aller Pommesbuden hier, deren Trostlo-
sigkeit vermittelte auch Atmosphäre, die kunststoffbezogenen
Platten der Tische, bunt bei den älteren, grau marmoriert in den
neueren, der kleingeflieste Boden, und manchmal traf er hier
auch Leute, mit denen er weiter Bier trank, wie einmal einen
Amerikanisten, mit dem er von Lokal zu Lokal zog, er hatte
gerade sein erstes Geld bewilligt bekommen, und sie aßen und
tranken und gaben sich einen aus, bis der andere ihm Geld für
das Taxi leihen musste, Bahnen fuhren nicht mehr, das er ihm
mit der Post zurückschickte, Freundschaften für einen Abend,
die er trotzdem nicht vergaß, und die Gänge um das Loch am
Opernplatz herum, in der Mitte der Stadt, hier am Bahnhof zwischen Geschäften, Discos und Bars, Parkplätze in der Nähe des
Flussufers, als eine ältere Frau ihn einmal ansprach und zu den
Jesuspeople schicken wollte, das alte Haus war nur im Erdgeschoss wegen eines Geschäftes renoviert, der obere Teil ziemlich verfallen.

Sonntagnachmittage im Regen, der die Straßen mit Glanz über-
zog, während er etwas Schnelles aß, Hähnchen, Haxe, einen
Eintopf und dabei auf die Lichter der Autos sah, die jetzt allmäh-

lich heller wurden, ihre Leuchtstreifen auf dem Pflaster und die Bänder der Straßenbahnschienen. Dämmerung im Licht und zischende Geräusche draußen, als er vor der Tür stand. Kein Wetter, um die Stadt zu durchstreifen. Er ging ins Kino, dort war der Letzte Tango und Maria Schneider vögelte sich durch den Nachmittag.

Nach dem Ende des Semesters war das Bild der Tiermedizinstudentin aus dem Praktikum in jeder Straße, die er entlang lief. Auf dem breiten Boulevard an der Oper, die Sonne war so hell und heiß, dass er schon am Vormittag müde war, bevor er zur Hochschule fuhr und sie suchte. In der Straßenbahn abends, selbst wenn neben ihm ein Mädchen saß, das ihm, als es die Arme hob, die Achselhöhlen zeigte. Selbst im zufälligen Finden eines anderen Körpers, im schummrigen Licht einer Zimmerlampe, während von draußen die Nacht hereindrang und die Haut kühlte. Auch in der Vorahnung solcher Begegnungen, wenn er in der Dämmerung Kondome zog. Und auf Spaziergängen hinterher durch die stummen Häuserreihen nachts, wenn die Erinnerung an die Lust und den Körper ihn einhüllte wie ein warmes Tuch.

Die Abende in unbekannten Städten später, in der Dämmerung durch unbekannte Straßen laufen, zur Wohnung eines andern Mädchens, immer höher die Berge hinauf, Kopfsteinpflaster, unterwegs ein Haus total mit wildem Wein berankt, in dem unzählige Vögel leben, man kann auf dem Fußweg nicht gehen vor Dreck, und ein aufgeregtes Gekreisch hier. Der Charakter dieser Stadt war anders, älter, zurückhaltend, offener. Sie lag am Wald, fast im Mittelgebirge. Er liebte es, in fremden Wohnvierteln herumzugehen, den Straßen zu folgen, eine andere Bebauung und andere Geräusche wahrzunehmen.

Er hatte sie nicht gefunden, ihr Haus zwar, aber sie war nicht da, und eine misstrauische, alte Frau ließ ihn rein zu den Briefkästen, und er konnte einen Zettel dalassen. Er ging einen andern Weg zurück, denn er sah sich hoch über der Stadt, zu der ein Fußweg hinunterführte, zwischen Hausrückseiten und Gärten hindurch.

Nass und kalt und dunkel, dunkel wie die Jacke, die er damals trug, schwarz, gesteppt mit Kunstwatte innen drin, man konnte sie sehen, denn das Futter war an einer Stelle aufgegangen, aber das war auch praktisch, in den Häfen ließ sich was durch den Zoll schmuggeln. Nass und kalt und dunkel, und das Warten auf Busse und Straßenbahnen, das verstohlene Mustern anderer Wartender und manchmal fand man jemand. Nachdem sie sich umgedreht hatte, verabschiedete er sich an der nächsten Ecke von seiner Gruppe und änderte seine Richtung: Er hatte Glück und sah sie in einiger Entfernung vor sich, die Bohlen der Baustellenumgehung hallten dumpf, als er ihr folgte. Er blickte sie wieder direkt an und fragte nach einem Platz, den er kannte. Als sie antwortete, schaute er zu Boden und nahm nur ihre Stimme auf, er sah ihre Stimme, erfasste jede Nuance. Das Geschenk der ersten Begegnungen, gar nichts wissen voneinander und auch nichts wissen wollen.

Ein andermal bemühte er sich umsonst. Die Kälte war langsam durch seine Kleider gekrochen. Das Wasser hinter ihnen sah durch die vielen Lichtpunkte der Straßenlaternen und Geschäfte noch dunkler aus, kaltes, schwarzes Wasser, schmutzig von Papiertüten und Zigarettenschachteln. Das schmiedeeiserne Geländer, im Sommer dunkelgrün gestrichen, drückte sich in den Rücken ein, glatt und kühl.

Sie geht auf nichts ein und blickt halb zur Seite, sie stehen so getrennt und sprechen nicht mehr miteinander, während die

Schwäne im Schlossgarten dahinter sich langsam durch das dunkle, schmutzige Wasser bewegen, unbeeinflusst und unbeeinflussbar, Spottvögel der Menschen und ihrer Gefühle.

In einem andern Haus, zu einer anderen Zeit, sie schliefen auf dem Bett unter dem großen roten Wandteppich und sie lag nackt auf der Decke und bewegte wie in Rage ihren Kopf hin und her. Später, als sie ruhig lag, fuhr sein Blick über ihre Arme, ihren Bauch, ihr Geschlecht, ihre Beine und dann hinaus durch die Gardine des Fensters im Erdgeschoss auf den Hauseingang gegenüber und die vorbei eilenden Leute. Sie richtete sich auf und strich mit ihren Fingern über seinen Kopf, legte ihren Kopf auf seine Schulter, mit seiner Schwere und Wärme und der Berührung ihres Haars. Er wusste nicht, ob sie wollte, dass er jetzt gehe, und sie kam ihm zuvor, stand auf, ging im Zimmer herum, holte ein Taschentuch, schaute kurz aus dem Fenster und, als er den Blick auf ihrem nackten Rücken aufstehen wollte, drehte sie sich um und fragte, »Was willst du wissen?« Eigentlich wollte er nur wissen, ob sie mit ihm kommen würde, weil er nicht wollte, dass er – der Andere – sie genauso oder ähnlich hier liegen sähe und seine Augen auf ihre Brust und das Haar zwischen ihren Beinen und den Teppich und das Fenster richtete. Sie ging aus dem Zimmer, um Zigaretten aus der Küche zu holen, aber als sie neben ihm saß, liefen ihr plötzlich Tränen aus den Augen und sie schüttelte sich abwehrend, als er den Arm um sie legte.

Er ging allein durch gleichgültige Straßen, durch den Park, am Graben und an den Enten vorbei, weil sie, nachdem sie schon ihre Sneakers angezogen hatte, doch nicht mitgekommen war. Wie ein Film aus der Handkamera waren die Häuser mit ihren schlichten grauen oder hellbraunen Fassaden und dem nichtssagenden Aufriss der 50er, die Brücke zum Park, die abendlichen Spaziergänger, die Kneipen des angrenzenden Stadtteils, die sitzenden Menschen hinter den Leuchtreklamen, ihr Lachen, ihre Wortfetzen, die vorbeifahrende Straßenbahn in seinem Kopf. Wurde er angerempelt oder rempelte er jemanden an? Der Wind vom Fluss fuhr ihm an der Promenade ins Gesicht. Die Vorstellung des Freilichtkinos hatte gerade begonnen. Und er nahm keine Straßenbahn, sondern ging Meter für Meter durch immer dunklere Straßen zu seiner Wohnung, wo er, wie es ihm vorkam, ohne Gefühl sein Bett aufschlug. Schlechter war das Erwachen.

Ein paar Jahre später, morgens, weit weg. Alles ist noch still. In der Nacht waren sie sich wohl wieder begegnet und er schüttelt den Gedanken an sie ab. Er verlässt sein Bett, das in dieser Wohnung unter einer Dachschräge steht. Ein altes Eichenbett mit hohem Kopf- und Fußteil, aber die Matratze bildet in der Mitte eine Kuhle.

Das Licht liegt fahl auf dem Teppich. Er geht ins Bad, etwa dreieinhalb Quadratmeter, darauf ein Pott, eine Dusche und ein Waschbecken, ohne Heizung, ein Dachfenster in der Schräge. Im Winter so kalt, dass er sich nur ganz schnell wusch, Rasieren und alles andere erst nach dem Anziehen. Die Kälte wich auch nicht, als der Tee fertig war und er frühstückte, und begleitete ihn zum Bus. Manchmal kamen die Busse morgens direkt aus dem Magazin zu dieser Endhaltestelle, und er lehnte sich dann nicht zurück, weil der rote Kunststoffbezug sich sonst wie ein kaltes Tuch auf seinen Rücken legte.

Kälte, Dunkelheit und Stille, nur der Dieselmotor vom Mercedes des Nachbarn, der immer zu hören war, bevor er aufstand, Kälte, Dunkelheit und Stille, und der Körper war immer zusammengezogen, die Arme angewinkelt und angepresst, die

Muskeln starr. Kälte, Dunkelheit und Stille, zu seinen Übungen legte er immer eine Decke um, und jetzt im Winter läuft sowieso alles im Dunkeln ab, der Weg zur Arbeit, das künstliche Licht dort und der Weg zurück in seine Wohnung, eine kleine, kalte Höhle, hoch oben über der Erde.

Öd und kühl wie der Kehricht in einem Wartehäuschen der Straßenbahn. Öd und kühl, da ist keine Trauer, die einen auf sich selbst zurückwirft. Öd und kühl wie Wischwasser, aus den Geschäften gekippt, sich auf den Fußwegen verbreitet.

Er sieht ihr Lächeln, kurz bevor sie ihn umarmt. Er hört im Dunkeln ihre Stimme von der Bühne in den Zuschauerraum hinunter hallen. Er sieht ihren nackten Oberkörper von hinten in der Sporthalle. Er sieht, wie sie sich streckt, sie sagt, meine Finger sind schmutzig, ich habe beim Renovieren geholfen. Er sitzt in ihrer Wohnung am Tisch mit ihr auf den Gartenstühlen und sie essen das Gemüse, das sie eben schnell gemacht haben. Sie gibt ihm ein Buch zurück, streicht über den Umschlag und fragt, »wie machst du das, dass deine Bücher immer so neu aussehen?« Sie schleppt einen Kasten Wasser die Treppe hoch und sagt, »Ach, hallo.« Sie sitzt am Boden, die Knie in ihren Armen und summt vor sich hin. Er betrachtet ihre Schulter, ihre Achsel, ihren Brustansatz, während sie singt. Er trifft sie später mit ihrem Mann auf der Straße und sie empfiehlt ihm die Ausstellung japanischer Holzschnitte. Sie erzählt von ihrem Fieber und den Halluzinationen und sagt, »Ich habe heißes Badewasser gemacht.« Sie lässt sich küssen, als sie zusammengekauert auf dem Teppich ist, sodass er seine Arme um ihre Arme, ihre Knie, ihren Rücken schlingt, nachdem sie ihn weggeschickt hat, und beim dritten Mal erwidern ihre Lippen. Sie sagt im Museum, dass sie diese Maske absichtlich nicht angesehen hat. Sie sagt, »hoffentlich kommt der Bus auch«, als sie abends von seiner Wohnung nach Haus will. Sie spielt einen Clown, der auf eine Büchse steigt und nicht weiß, wie er wieder herunterkommt. Sie applaudiert dem Orchester und ruft laut »Bravo« vom Rang hinunter und strahlt ihn an. Er tritt ans Fenster ihrer Wohnung und sie stellt sich neben ihn und sagt, »Du musst nicht gehen.«

Franziska von der Gathen
Saphir-, Marine- und Himmelblau

Ich bin eine blaue Stadt. Facettenreich und trotzdem bleich. So viel, und doch nur blau, nicht genug, zu wenig Stil. So sitze ich in diesem Zug, fahre immer weiter, weiß, dass ich doch nur scheiter, blicke auf mich selbst hinab – ich bin eine blaue Stadt.

Saphirblau. Ich bin saphirblau. Ein gläsernes Gebäude am Ende eines langen blauen Teppichs. Schimmernd, flimmernd, glimmernd stehe ich da. Besucher: jeden Monat. Jede Woche. Jeden Tag, gar, kommen ein paar, um mich zu sehen. Es klingt als wär's nicht wahr, aber ständig sind Leute da. Und ich lächle, zeige mich von meiner besten Seite, sollte mich freuen über diese Reichweite, wäre aber auch gerne wieder die Zweite. Das Glas, der Glanz, die Größe – es passt nicht. Ich will nicht so viel Licht. Spüre das erwartungsvolle Gewicht. Es ist nämlich so: Glas, Glas zerbricht. Und ich will nicht zerbrechen. Will der Saphir bleiben, den ihr seht und meinem Leben ein Happy End zuschreiben. Also werde ich nicht weinen, sondern meine beste schimmernde, flimmernde, glimmernde blaue Seite zeigen. Ich bin saphirblau.

Ich bin eine blaue Stadt. Facettenreich und trotzdem bleich. So viel, und doch nur blau, nicht genug, zu wenig Stil. So sitze ich in diesem Zug, fahre immer weiter, weiß, dass ich doch nur scheiter, blicke auf mich selbst hinab – ich bin eine blaue Stadt.

Marineblau. Ich bin marineblau. Ein dunkler schmaler Tunnel am Ende einer langen blauen Straße. Dunkel, düster, dreckig liege ich da. Meine Gestalt ist schon ganz fleckig. Benutzt.

Jede Woche. Jeden Tag. Jede Stunde, gar, warst du da. Und du spuckst auf mich. Ich bin da für dich, aber du versetzt mir diesen Stich. Ich flehe dich an: »Tu das nicht«, und trotzdem löscht du mein Licht. Ein Tunnel heißt nicht immer Anfang, Aufgang, Ausgang. Ein Tunnel heißt nicht immer Hoffnung. Ein Tunnel heißt nicht immer Licht. Licht am Ende des Tunnels ist keine Pflicht. Nein, es gibt nur Marineblau und deine Schreie: »Sei schon still, du blöde Sau!« Stille. Blau. – Ich ertrage es, hoffe, dass ich es eines Tages vergess. Dunkel, düster, dreckig liege ich da. Jeder weiß es, der einmal meinen Tunnel sah. Benutzt. Ich bin marineblau.

Ich bin eine blaue Stadt. Facettenreich und trotzdem bleich. So viel, und doch nur blau, nicht genug, zu wenig Stil. So sitze ich in diesem Zug, fahre immer weiter, weiß, dass ich doch nur scheiter, blicke auf mich selbst hinab – ich bin eine blaue Stadt.

Himmelblau. Ich bin himmelblau. Ein hölzernes kleines Landhaus am Ende eines langen blau geblümten Feldwegs. Pastell, originell, hell stehe ich da. Rieche nach frisch gebackenem Kuchen und man muss nicht lange nach mir suchen. Jeden Tag. Jede Stunde. Jede Minute, gar, sind wir Freunde füreinander da. Blaue Blumen vor der Tür, sie zeigen dir meinen Dank dafür. Das Haus steht in der Ferne, trotzdem kommen wir gerne, denn das Haus ist unser Haus. Zuhause. Die Farbe blättert langsam ab, ist etwas alt, doch was macht das schon, so ist es halt. Zuhause. Pastell, originell, hell, mein Zuhause. Ich bin Zuhause und endlich mache ich Pause. Der Zug hält, ich muss nicht mehr weiter, der Himmel ist hier so viel breiter und das Blau wirkt so heiter. Gemütlich, geborgen, geliebt. Eine Tasse Kakao. Zuhause. Ich bin himmelblau.

Ich bin eine blaue Stadt. Facettenreich, blau ist nicht bleich. So viel, wenn auch nur blau, zeig ich genug, mein eigener Stil.

Saphir-, Marine- und Himmelblau. So sitze ich in diesem Zug,
fahre wieder weiter, es ist nicht schlimm, wenn ich mal scheiter,
blicke auf mich selbst hinab – ich bin eine blaue Stadt.

Malvina Witzki

Zurück

Die Frau steht vor dem Spiegel, dreht sich zu allen Seiten und streichelt verliebt ihren Bauch. Ein Lächeln umspielt ihre Lippen, ihre Augen strahlen. Als sie den zarten Tritt unter ihrer Bauchdecke fühlt, muss sie kichern.

Ihr Zimmerfenster zeigt Richtung Osten und die Sonne kämpft sich ihren Weg durch eine Wolkenfront, die baldige Verschlechterung verheißt. Doch noch tanzen die feinen Staubpartikel im Lichtkegel der Morgensonne.

»Siehst du, Schatz?«, spricht die Frau mit zu ihrem Unterleib gesenktem Kopf. »Heute wird ein traumhafter Tag, das kann ich spüren.« Kurz entblößt sie ihren Bauch und lässt die Sonnenstrahlen über die nackte Haut streifen. Mit einem Blick auf die Wanduhr schlüpft sie in ihre Pantoffeln und schlurft zu der überbreiten, dicken Zimmertür, die sich just in diesem Moment mit einem Surren öffnet.

»Guten Morgen, Frau Jahn. Sind wir soweit?« Es ist derselbe Pfleger wie jeden Morgen um diese Zeit. Die Brusttasche seines Kittels ist randvoll mit Kugelschreibern, und in der rechten Hand hält er den Pendelordner, der die Krankenakte der Frau enthält.

»Aber sicher«, antwortet die Frau. »Auch wenn ich aufgrund der Morgenübelkeit heute fast zu spät dran gewesen wäre.« Sie lacht. »Heute Nacht war ich mir sicher, ich wache auf und muss zur Toilette rennen.« Der Pfleger lächelt. Er sagt nichts. »War dann aber doch nicht so«, antwortet die Frau auf die nicht gestellte Frage, während sie im Eiltempo über den gesprenkelten Linoleumboden der Klinikflure huschen.

»Nach Ihnen.« Der Pfleger stellt sich an den Rand einer gläsernen Zwischentür, die sich mittels einer Chipkarte automatisch öffnet. »Mutter-Kind-Station« liest die Frau jedes Mal stumm mit und weiß, dass sie hierher gehört. Zwei junge Mütter kommen ihnen entgegen. Sie haben ihre Säuglinge auf dem Arm und unterhalten sich angeregt. Als sie den eindringlichen Blick der Frau bemerken, schauen sie sie ebenfalls an. Die Frau lächelt und sieht zwischen den Müttern und den Babys auf und ab. »Bei mir dauert es leider noch ein bisschen«, lacht sie und deutet mit den Augen auf ihren Bauch. Die Mütter lächeln schwach und entgegnen nichts. Sie sind der Frau schon des Öfteren begegnet und haben diese Unterhaltung nahezu jedes Mal geführt. Die Frau hingegen scheint es nicht zu stören, nicht einmal zu bemerken.

»So, bitteschön.« Ein letztes Mal hält der dunkelhaarige Pfleger der Frau die Tür zu einem Besprechungsraum auf. Er ist mit einem dunkelgrauen Teppich ausgekleidet, und in der Mitte steht ein langer Konferenztisch, um den sich grüne, violette und hellblaue Stühle reihen. Wie immer wählt die Frau den violetten Stuhl gegenüber der Fensterreihe, sodass sie in den Innenhof der Klinik schauen kann. Der Pfleger hat es eilig. Er positioniert die Akte auf dem Tisch und scheint eine Datei auf dem Computer zu öffnen, der daraufhin zu brummen beginnt. »Frau Abel ist gleich bei Ihnen«, sagt er routiniert, während er den Drehstuhl am Schreibtisch zurechtrückt und den Raum im selben Tempo wieder verlässt, in dem er eben noch durch die Gänge geflogen ist.

Die Frau nickt freundlich. Das kennt sie schon. Dann fällt die Tür ins Schloss und verriegelt sich. Auch das kennt sie schon. Sie findet es gut, dass hier so viel Wert auf die Sicherheit werdender Mütter gelegt wird. Es ist keine Lappalie, Tür an Tür mit Patienten der geschlossenen Psychiatrie zu leben, schließlich sieht man den Betroffenen größtenteils nicht an, dass sie schwerstgestört sind. Die Frau fühlt eine leichte Beklemmung im Magen und legt schnell die rechte Handfläche auf ihren Unterleib. Sofort ein zarter Tritt. Sie schließt die Augen und lächelt.

Als sie die Augen wieder öffnet und Frau Abel noch immer nicht da ist, lässt sie den Blick durch den Raum schweifen. Wie jeden Morgen bleibt er an dem Gemälde hängen, das sich vor ihr zwischen zwei Fenstern befindet. Es zeigt eine abstrakte dunkle Häuserreihe vor einem grünlichen Himmel. Rechts kniet eine Person vor der Skyline und jeden Tag fragt sich die Frau, ob diese Person wohl weiblich oder männlich sei. »Jaana Redflower« liest die Frau in Gedanken. Jaana Redflower. Und noch einmal. Sie findet, dass der Name schön klingt. Ein guter Künstlername. Das Bild hängt hier schon seit ihrer ersten Sitzung. Vermutlich schon länger. Vermutlich schon immer. Die Frau nimmt sich vor, Frau Abel heute zu fragen, ob die Person auf dem Bild eine Frau oder ein Mann sein soll.

Draußen haben sich inzwischen dichte weiße Wolken durchgesetzt und verdecken die eben noch so mitreißende Morgensonne. Die Frau beobachtet, wie sich ein Schatten rasch über die Platte des Konferenztisches zieht. Im selben Moment surrt das Türschloss und Frau Abel betritt das Zimmer.

»…ich dann nachher noch raussuchen«, spricht sie über ihre rechte Schulter zu einer Person, die die Frau aus ihrer Position heraus nicht sehen kann.

»Guten Morgen.« Frau Abel schließt die Tür hinter sich. Wie immer trägt sie enge Röhrenjeans und ein sportlich-schickes Sweatshirt. Ihren weißen Kittel streift sie im Gehen von den Schultern und hängt ihn über die Lehne des Drehstuhls, auf den sie sich setzt.

»Morgen!«, trällert die Frau und fühlt ein Glucksen in ihrem Hals, denn sie freut sich schon darauf, über ihre Schwangerschaft sprechen zu können. Gerade heute, wo das Kleine doch so besonders aktiv ist! Frau Abel bemerkt die gute Laune und die glänzenden Augen ihrer Patientin und spürt, dass sie darauf eingehen muss. Noch während sie ihre Routineeinträge am Computer macht, erkundigt sie sich also nach dem heutigen Befinden der Frau.

»Heute wird ein aktiver Tag«, winkt die Frau neunmalklug ab. »Das merke ich schon seit dem Aufstehen. Das Kleine mag die Sonne, das hat es von mir.« Sie lacht laut. Die Therapeutin lacht mit. »Aha?«, fordert sie ihre Patientin zum weiteren Berichten auf, während sie zu ihr an den Konferenztisch kommt, sich niederlässt und ohne hinzusehen die Akte aufschlägt.

»Ich hab gerade schon zu Justus gesagt, dass ich mir die ganze Nacht sicher war, dass ich heute Morgen nicht um das große Kotzen herumkommen werde. Das habe ich davon! Meine ganze Familie ist von der Schwangerschaftsübelkeit verschont geblieben, aber ich plage mich natürlich sogar im sechsten Monat noch damit herum«, scherzt die Frau.

»Was meinen Sie mit ›Das habe ich davon‹?«

»Das klang jetzt echt ein bisschen negativ, oder? Ich meine, wenn schon schwanger, dann auch mit allem, was dazugehört.«

»Was gehört denn Ihrer Meinung nach alles dazu?«

»Na, neben der Übelkeit, Rückenschmerzen, häufiger Harndrang, unruhiger Schlaf, Sodbrennen und langsam auch eine schlechtere Kondition.« Sie lacht schuldbewusst.

»Fünf dieser sechs Symptome können aber auch Nebenwirkungen der Tabletten sein, die wir Ihnen geben«, äußert die Therapeutin ihre Bedenken, während sie parallel Einträge in die Akte der Frau schreibt. Diese ignoriert die Diagnose.

»Ich will mich aber nicht beschweren. Im Großen und Ganzen ist die Schwangerschaft sehr schön und ich bin gerne schwanger. Ich hab natürlich Angst vor der Geburt, aber wie ich gelesen habe, ist das normal.«

»Wovor genau haben Sie Angst?« Frau Abel weiß, dass ihre Patientin jetzt dieselben Aspekte aufzählen würde wie jede Sitzung. Die Details, die sie quälten. Die Details der Geburt ihrer Tochter vor elf Tagen.

»Ich plane ja, natürlich zu entbinden. Keine Medikamente, keine Zangen, keine Glocken, keine OPs oder sonstige Eingriffe. Das hat eine Kollegin auf der gynäkologischen Abteilung auch in meine Unterlagen geschrieben, damit alle Beteiligten Bescheid wissen, wenn es losgeht.«

»Das kann man natürlich manchmal nicht beeinflussen oder verhindern, aber wir respektieren, dass das eine Geburt gewesen wäre, wie Sie sie sich gewünscht hätten.« Den durchaus bewusst gewählten Konjunktiv in Frau Abels Antwort verdrängt die Patientin gekonnt.

»Ich muss sagen, ich bin froh, dass ich noch ein bisschen Zeit habe. Ich habe die Schwangerschaft mittlerweile super im Griff. Ich kenne meinen Körper, ich weiß, was ich wogegen tun muss, und ich genieße es, dass ich quasi gezwungen bin, einfach mal ein bisschen herunterzufahren.«

»Herunterzufahren?«, fordert Frau Abel ihre Patientin indirekt zum Weiterreden auf.

»Ja, speziell in den letzten zwei Wochen war ich extrem gestresst, irgendwie fremdbestimmt. Ich kam zu gar nichts mehr, weder zum Duschen noch zum Essen, nicht einmal dazu, mir regelmäßig die Nägel zu schneiden.« Sie sieht die Therapeutin herausfordernd an, um Bestätigung für die aussichtslose Situation einzufordern, in der sie sich vermeintlich befindet.

»Was ist in den letzten Tagen so anders gewesen?«

»Das kann ich nicht mal genau sagen. Es war, als würde durchweg eine übergeordnete Kraft, ich weiß, das klingt total bescheuert, über mir schweben und einfach alles unterbinden, was ich gerne tue.«

Frau Abel weiß, dass diese übergeordnete Kraft die frisch geborene Tochter der Frau ist. Ihr Verhalten und ihre Verdrängung sind durchaus typisch für ein Trauma dieses Grades.

»Frau Jahn, ich würde jetzt gerne mit Ihnen zu Ihrer Tochter gehen, wie Sie schon wissen.«

Die Patientin reagiert nicht. Langsam dreht sie ihren Kopf zu dem Gemälde an der Wand. Jaana Redflower. »Ist das eigentlich eine Frau oder ein Mann auf diesem Bild?«

»Was glauben Sie?«

»Da wir uns hier auf der Mutter-Kind-Station befinden, könnte es eine Frau sein, die da sogar ein Baby im Arm hält. Da ist so eine Kugel unter ihrem Kinn, das könnte ein weiterer Kopf sein.«

»Was macht die Frau mit ihrem Baby auf der Straße?«

Die Patientin blickt gedankenverloren nach draußen. Ihre Pupillen ziehen sich durch den Lichteinfall zusammen. »Na ja, jedenfalls bin ich gut vorbereitet – aber nur auf eine Mustergeburt!« Sie untermalt diese Bedingung, indem sie den Zeigefinger hebt und lacht laut.

Frau Abel bedeutet ihrer Patientin ihr zu folgen, was diese auch Tag für Tag widerstandslos tut. Begleitet von Smalltalk und dem einen oder anderen Begrüßen entgegenkommender Kollegen und Patienten läuft die Frau der Therapeutin hinterher. Sie wechseln den Klinikflügel und die Etage, und an dem Temperaturunterschied, der sich dann plötzlich ereignet, merkt die Frau jedes Mal, dass sie auf der Neugeborenenstation angekommen waren. Die kleinen Küken brauchen es warm. Unwillkürlich muss die Frau wieder lächeln und streichelt ihren Bauch.

»Für Jahn?«, fragt eine Krankenschwester die Therapeutin leise, und nickend übergibt diese ihr die Akte. Die Frau folgt der Krankenschwester. Vor einer großen Scheibe bleiben die drei stehen. Die Frau zwingt sich zu einem Lächeln. Während ihr Blick über die vielen Babybettchen gleitet, füllen sich ihre Augen mit Tränen und ihr Herz beginnt zu rasen. Die Kehle der Frau schnürt sich zu, bis es wehtut. Unermüdlich rasen ihre Augen von Bettchen zu Bettchen, noch eins, noch eins, bis sie schließlich auf dem Namensschildchen ruhen, bei dem Leugnen keinen Sinn mehr ergibt: Elena Jahn, 21.11.2019. Das Lächeln der Frau friert ein, es erreicht ihre Augen nicht mehr. Sie will dieses Baby nicht anschauen, will sein Gesichtchen nicht sehen, kann seine Existenz einfach nicht akzeptieren. Noch ein bisschen weiter schwanger sein. Noch ein bisschen weiter. Ein bisschen weiter …

Plötzlich das altbekannte Gefühl zweier Hände unter ihren Achseln. Mit festem Griff ziehen die beiden Pfleger die tobende Frau aus der Station. Unter Schreien und Tränen versucht sie immer wieder sich loszureißen, was alle paar Meter dazu führt, dass sie kraftlos in sich zusammensackt. Sie schaut auf ihren Bauch hinunter, wirft den Kopf in den Nacken und stößt ein verzweifeltes, langes »Nein« aus ihrer Kehle. Plärrend und jammernd wird sie durch die Gänge gezerrt. Jeden Tag die gleichen Gesichter, die ihr mitleidig hinterhersehen. Jeden Tag das gleiche Schild auf der anderen Seite der automatischen Glastür: geschlossene psychiatrische Station. Im Vorbeigehen wirft sie einen abwesenden Blick auf das Gemälde im Besprechungsraum, dessen Tür offen steht. *Was macht die Frau mit ihrem Baby auf der Straße?*

Die Autorinnen und Autoren

Oliver Bruskolini,

Jahrgang1993, lebt mit seiner Familie in Essen. Er studiert das Lehramt mit den Fächern Deutsch und Sozialwissenschaften an der Universität Duisburg-Essen. Seit 2016 veröffentlicht er in regelmäßigen Abständen Kurzprosa und Lyrik. 2019 erschien sein Romandebüt »Ein letztes Mal Sizilien« im Autumnus Verlag. Es folgten eine Kurzgeschichtensammlung und eine Novelle im Alea Libris Verlag. Er war Mitinitiator des Lyrikprojekts »Mit Poesie durch Pandemie«. Zudem belegte er 2019 den zweiten Platz des 1. ESK Schreibwettbewerbs mit dem Essay »Solidarität als Utopie«.

Chantal Duman

begann mit dem Schreiben von Kurzgeschichten und Gedichten im Jahre 1992, im Alter von zehn Jahren. Auslöser dafür war ein packender und verstörend realistischer Traum, den sie eines Nachts hatte. Es ließ sie nicht los, die Geschichte unbeendet zu lassen und so schrieb sie diese kurzerhand auf und erfand dazu noch ein passendes Ende für ihre erste Kurzgeschichte.

Die Sehnsucht, sich mit Wörtern kreativ auszudrücken gipfelte schließlich in ihrem ersten Liebesroman, welchen sie kürzlich beendete.

Michael Edelbrock

wurde 1980 geboren und beschäftigt sich am liebsten mit dicken Schmökern oder langen Sagen, sowohl in der klassischen Phantastik, als auch der Science-Fiction.

Heute lebt er am Rande des Ruhrgebiets im Kreis Recklinghausen und schreibt dort seine Kurzgeschichten sowie eine phantastische Saga in Romanform.

Celina Farken

wurde am 11. Juli 1999 in Dinslaken geboren. Wohnhaft ist sie in Duisburg. Zurzeit studiert sie Germanistik und Literaturwissenschaft an der Ruhr-Universität Bochum. Im Juni 2020 erschien ihre Kurzgeschichte »Der Prinz und sein Schloss« in der Anthologie »Geschichten zum Bild Teil 3«.

Kaelo Janßen

Bereits kurz nach seiner Geburt straften ihn seine Eltern mit dem teutonischen Sammelbegriff »Michael«. Aus Rache redete er kein Wort mit ihnen, bis er 15 Monate alt war. Schon früh stand für ihn fest, dass aus ihm einmal ein ganz Großer werden sollte. Nachdem er das Gymnasium gerne mit einem Abischnitt von 1,0 beendet hätte, stellte sich die Frage nach dem weiteren Lebensweg. Er eruierte seine Interessen und bewarb sich daraufhin als Groupie bei den »Bangles«. Leider erhielt er eine Absage mit der fadenscheinigen Begründung, dass die Band noch gar nicht existiere. Von diesem Schicksalsschlag hat er sich nie wieder richtig erholt, sodass er aus Frust mit dem Schreiben anfing.

Mittlerweile arbeitet er an der Fertigstellung seines sechsten Buches, nachdem er die ersten fünf nicht beendet hatte. Er ist mit Leib und Seele Dortmunder und liebt diese Stadt, weil hier eindeutig die meisten Heimspiele des BVB stattfinden.

Markus Jöhring

Der Recklinghäuser Künstler Markus Jöhring, Jahrgang 1966, ist ehemaliger Schüler von Professor Pitt Moog (†). Er arbeitet freiberuflich als Diplom-Designer in den Bereichen Design und Kommunikation.

Auseinandersetzungen mit aktuellen, gesellschaftlichen Fragen finden sich vor allem in seinen künstlerischen Arbeiten wieder. Spielerisch verknüpft Jöhring hierbei Text- und Bildbotschaften.

Mit dem Cartoon »Inge, Willi, Corona und ich« kommentiert er seit März 2020 die Ereignisse rund um die Covid-19-Pandemie. Pointiert skizziert er den Menschen als tragisch-komische Erscheinung und hinterfragt politische Ereignisse.

»Voll Kunst!« ist der Titel eines Ausstellungs- und Veranstaltungsformats, das Jöhring seit 2016 immer wieder in Recklinghausen präsentiert.

MALTE KÜPPERS,

am 23. Februar 1988 am Niederrhein geboren, lebt seit 10 Jahren in Duisburg und arbeitet dort als Sozialarbeiter.

Durch seinen Beruf trifft er auf unzählige Menschen, die ihn zu den unterschiedlichsten Geschichten inspirieren. Mit diesen Erzählungen steht er seit Januar 2016 auf Poetry Slam-Bühnen im gesamten deutschsprachigen Bereich und konnte schon an mehreren Meisterschaften teilnehmen. Der Uwe-Kaschinski-Ehrenpreisträger investiert viel Zeit und Herzblut in eigene Literaturveranstaltungen im Ruhrgebiet wie auch in die Nachwuchsförderung für kreatives Schreiben und Bühnenliteratur. So hofft er darauf, dass sich irgendein junges Talent nach dem großen Durchbruch an die Workshops mit Malte erinnert und zum Dank seine Rente übernimmt.

Hellmuth Lilienthal

Aufgewachsen in den fünfziger Jahren in Norddeutschland, Studium der Biologie in Hannover und Düsseldorf, Promotion zum Dr. rer. nat., danach Forschungstätigkeit, dabei Schreiben von Publikationen sehr anderer Art. Lebt in Essen. Berufsbedingt viel unterwegs, dadurch zahlreiche Kontakte, freundlich oder nicht so freundlich, an vielen verstreuten Orten. Nach dem Ende dieser Tätigkeiten vermehrte Bearbeitung früherer Aufzeichnungen über Personen, Ereignisse und Begegnungen, um das, was abseits des öffentlichen Lebens liegt, sichtbar zu machen und zu würdigen.

Franziska von der Gathen,

19 Jahre alt, aus Herten, studiert Germanistik und Erziehungswissenschaft in Bochum. Sie liebt die kostbaren Momente der Inspiration, wenn der Stift wie von alleine zu schreiben scheint und einen in eine andere Welt bringt. Nachdem sie vor zwei Jahren bei der Jugendautorennacht REspect4you bereits etwas Literaturluft geschnuppert hat, wollte sie dieses Jahr erneut eine solche schöne Erfahrung machen.

Malvina Witzki

ist 31 Jahre alt, kommt ursprünglich aus Wanne-Eickel, lebt aber seit einem Jahr mit ihrem Mann in Hochlarmark.

Seit Juli bereichert außerdem ihre Tochter Lilli ihr Leben, der auch die Idee zu ihrer Geschichte zu verdanken ist, denn mit ihrer Protagonistin hat sie gemeinsam, dass sie auch sehr gerne schwanger war.

Sie hat unter anderem Germanistik studiert, ist aber nicht über das Fach an das Schreiben, sondern über das Schreiben an das Studium geraten ;-)

Die Geschichte für die Autorennacht zu erfinden, war für sie eine fesselnde und anregende Gelegenheit, für einige Stunden nicht ausschließlich Mama Malvina zu sein, sondern in eine konstruierte Realität abtauchen zu können.

NLGR e.V.
Elper Weg 90, 45657 Recklinghausen
Fax: 02361-938757, Mail: kropla@nlgr.de

Beitrittserklärung

Vorname	
Nachname	
PLZ, Ort	
Straße, Nr.	
Mailadresse	
Geb.datum	
Datum	
Unterschrift	

- ❑   30,00 € Einzelmitgliedschaft
- ❑   15,00 € ermäßigte Mitgliedschaft
- ❑   50,00 € Paarmitgliedschaft

Die Mitgliedschaft ist zeitlich nicht begrenzt - eine Kündigung seitens des Mitglieds ist mit einer Frist von drei Monaten zum Jahresende möglich. Der ermäßigte Beitrag gilt für Schüler, Studenten und Hilfeempfänger.

SEPA- Lastschriftmandat - Ich ermächtige die NLGR, Zahlungen von meinem Konto mittels Lastschrift einzuziehen. Zugleich weise ich mein Kreditinstitut an, die von der NLGR auf mein Konto gezogenen Lastschriften einzulösen.

IBAN	
BIC	
Bank	
Datum	
Unterschrift	

Hinweis: Ich kann innerhalb von acht Wochen, beginnend mit dem Belastungsdatum, die Erstattung des belasteten Betrages verlangen. Es gelten dabei die mit meinem Kreditinstitut vereinbarten Bedingungen. - Die Lastschrift erfolgt 14 Tage nach Erklärung der Mitgliedschaft, Folgebeiträge werden jeweils Ende Januar eines jeden Jahres eingezogen. - Gläubiger-ID.: DE23 001 000 001 74 446, Mandatsreferenz: Ihre Mitgliedsnummer